講談社文庫

凛として弓を引く

青雲篇

碧野 圭

講談社

凜として弓を引く

青雲篇

1

三月も終わりに近づいたある日のこと。日々大気は暖かさを増しているが、水道の水はまだ冷たい。手に水しぶきが掛からないようにしながら、私はひたすらタワシを動かしている。弓道場の外にある蛇口がふたつほどの手洗い場で、弓道会の同期で、同じ学校の同学年でもある真田《さなだ》善美《よしみ》と並んで私は木枠を洗っていた。

木枠は檜《ひのき》でできており、円形になっている。弓道の的枠だ。弓道の的は丸い木枠の片側に薄い紙を貼《は》って作る。そうしてできた的の上側を、侯串《ごうぐし》という竹でできた長いピンのようなもので挟み、安土《あずち》という砂壁に侯串の先を差し込む。的の下側は安土にそのまま押し入れる。安土は傾斜がついているので、そうすると的が地面にほぼ垂直に立つようになる。初めて近寄って的を見た時、案外素朴な仕掛けだな、と思った。昔の人がやっていたことをそのまま受け継いでいるのだから、当然かもしれないけど。

「これ、紙、剥《は》がしちゃった方がいいでしょうか？」

洗っている的枠を、指導者の久住明子《くずみあきこ》さんに見せた。

「んー、これくらいならまだ大丈夫よ。洗うのはそれくらいにして、次の作業に行きましょう」

練習して矢が中《あた》ると、的には穴が開く。中れば中るほど、的に貼られた的紙はぼろぼろになる。弓道会では共有の的を二十くらい常備していて、穴だらけになったものは新しい的と取り換える。ある程度穴の開いた的が溜《た》まると、みんなで的貼りをするのだ。毎日誰かしらがその作業をしている。

的はクラフト紙でできた下紙の上に、丸い枠が印刷された的紙を貼る。的紙も薄い。お習字の時に使う半紙くらいの薄さだ。的の状態がひどい時には下紙ごと全部剥がして貼り直すが、たいていは穴の開いた的紙の上から新しい紙を重ねて貼る。

手洗い場の横にはステンレスのテーブルが置かれていて、洗い終わった的枠の、紙の貼ってある部分を下にしてそこに置く。的の裏には何もないから、矢が刺さった穴が内側にへこんでいるのが見える。その部分を、小さなローラーで押して平らにする。

「あ、これ、楓《かえで》ちゃんの的だよ」

久住さんの隣で作業していた小菅《こすげ》ゆかりさんが、私の方を見て笑った。

「えっ、ほんとですか？」

「ほら、名前が書いてある」

枠の内側には初段に合格した年月日と、矢口《やぐち》楓という名前が確かに書かれている。この二月に初段に合格した時、弓道会に寄付したものだ。段級審査に合格した人は的枠を寄付するという慣習がこの弓道会にはあり、私もそれに倣《なら》って寄付をしたのだ。

「楓ちゃん、これに的を貼りたい？」

「貼りたいです」

自分の名前の入った的を的貼りの時に見たのは初めてだった。まだ新しいが、矢が中った傷がいくつも枠についている。

私の的、ちゃんと役に立っているんだな。

そう思いながら、木枠と的紙の上から刷毛《はけ》で糊《のり》を塗る。それから、前に貼った紙の上に、新しい的紙を重ねる。

この作業が私は好きだった。下に貼られている的紙の黒丸が透けて見えるので、それに重ねるように新しい的紙を置き、両手でぴんと皺《しわ》を伸ばす。うまく重なるときれいだし、なにより矢が中った時の音の響きがいい。

弓道上段者は、矢を放った時の弦音《つるね》で射の良し悪しを判断するらしいが、私には弦音の聞き分けはできない。それより的中音の方がわかりやすい。真ん中に近いところほど、スタン、と気持ちよい音がするのだ。

「これでいいでしょうか？」

新しい的紙を貼った的を久住さんに見せた。

「うん、いいんじゃない？　矢口さん、貼るのお上手ね」

褒められて、ちょっと得意な気持ちになる。工作は昔から割と得意だった。

「じゃあ、それ、ベンチの上に置いてちょうだい」

手洗い場の先にベンチがひとつあり、そこに貼り替えたばかりの的を並べて乾かす。今日は六つほど的が並んでいる。

「じゃあ、これくらいにして、片付けをしましょう」

久住さんに言われて、作業台の上を雑巾がけしていると「こんにちはー」と声がした。振り向くと、ジュニア会員の高坂賢人《こうさかけんと》だった。賢人は私より一歳年下の中学三年だが、弐段を持っている。受験があったので、ここしばらくは弓道会に顔を出していなかった。

「あ、賢人、久しぶり。練習はしていかないの？」

弓道会のジュニア同士は仲が良く、年齢の上下に関係なくお互いを呼び捨てにする。

「いや、ふたりにちょっと話があってさ。もう練習終わるところだよね」

賢人は手足が長く、身長も一八〇センチ近くある。弓道に向いている体型だ、と以前誰かが言っていた。今日は弓道着ではなく、学校の制服を着ていた。

「うん、まあ。ここを片付けたら、今日はおしまいだけど」

「じゃあ、神社の方で待ってるわ。社務所の前のベンチのとこで。善美も来てくれよな」

賢人はそれだけ伝えると、さっさと行ってしまった。

「話があるってなんだろね？」

「さあ」

善美は最低限の言葉で返事をする。愛想がないというか、賢人のことにまるで興味がないようだ。

この愛想のなさはいつものことだ。顔立ちはアイドル顔負けの可愛さなのに、誰に対してもぶっきらぼうで、笑顔を見せることがない。武蔵野西《むさしのにし》高校一の美人だと言われて男子には圧倒的な人気を誇る一方、「性格ブス」と陰口を叩《たた》く女子も少なくない。しかし、本人はそうした誉め言葉にも悪口にもまるで無反応だった。

「ともかく、終わったら行ってみよう」

そう話し掛けても、まるで聞いてないように何も言わなかった。

だが、片付けを終えて終わりの挨拶《あいさつ》が済むと、傍《そば》に善美が近寄って来た。一緒に行こうということだな、と私は理解した。一年近くつきあっているので、善美の言わんとすることが、なんとなくわかるようになってきた。連れ立って神社の社務所の方に行くと、ベンチのところで賢人が待っていた。ひとりだと思っていたのに、隣には見知らぬ男子がいっしょだった。何か、熱心に会話をしている。

「賢人」

私が呼びかけると、賢人はこちらを向いた。

「やあ」

私たちは賢人の前に立った。賢人も見知らぬ男子も立ち上がる。四人座って横並びでしゃべるのはやりにくい、と思ったのだろう。賢人が立ち上がると、私たちは見上げる形になる。私も一六八センチあるので女子にしては高い方だが、一七八センチある賢人にはかなわない。私より小柄な善美はさらに視線を上に向ける形になる。

「紹介するよ。こちら、俺の塾の友だちの大貫一樹《おおぬきかずき》」

「はじめまして」

一樹という子は物怖《ものお》じせず、まっすぐこちらを見つめている。背の高い賢人より一回り小柄で、骨太のがっしりした体型だ。ぽっちゃりと言う人もいるかもしれない。いまにも笑い出しそうなほがらかな顔つきなので、感じがいい。

「はじめまして。矢口楓です」

私に続いて善美も、黙ったままぺこりとお辞儀した。

「楓と善美は二年。両方とも初段」

「そうなんですね。俺はまだ始めたばかりなんです。地元の体育館の弓道教室に通っています」

「はあ」

なぜ賢人は一樹という子を連れて来たのだろう。私が戸惑っていることを察したのか、賢人が言う。

「俺とカズ、この春から武蔵野西高校に入学するんだ」

一樹くんはカズと呼ばれているらしい。

「ということは、どっちも私たちの一年後輩？」

「そういうこと」

「わあ、おめでとう！」

武蔵野西高校は、私と善美の通う都立高校だ。家から電車で三駅ほどのところにあって通いやすいし、自由な校風の進学校なので、この地域の中学生には人気があるらしい。私自身は中学まで名古屋にいたので、そうした事情は入学してから知った。

自由な校風と言っても昔ほどではないらしいが。その昔は文化祭前には泊まり込みで準備をしたらしい。いまは、夜の七時以降に学校に残ることは厳禁だ。

「おめでとう」

いつも愛想のない善美が、ボソッと祝福をした。

「ありがとう」

賢人は頭を掻《か》いてちょっと照れている。

「じゃあ、うちの弓道会から三人がムサニの生徒になるんだね」

ムサニというのは武蔵野西高校の通称だ。

「そうなんだ。それに、カズも弓道始めたっていうし、それで俺、ぴんときたんだ」

賢人の目が何かを企むように、いきいきと輝いている。

「ぴんときたって？」

「これはムサニに弓道部を作れっていう、神の思し召しだよ」

「えええっ、弓道部？」

考えたこともなかったので、私はびっくりして賢人の顔をまじまじと見つめた。

「本気？」

「本気も本気、これが冗談で言ってる顔に見える？」

賢人は口をぎゅっと引き結んで、真剣な顔をしてみせた。真面目くさったその顔がおかしくて、私は吹き出した。

「真面目な顔はいいけど、うちの高校、道場ないし、作るスペースもないから無理だよ」

「世の中には、弓道場がない弓道部はけっこうあるんだよ。それに」

賢人はもったいぶって言葉を切り、一同を眺めまわしてから言った。

「昔はムサニにも弓道部があったんだ。それなりに強かったらしいよ」

「ほんとに？　いつ頃の話？」

テニス部やバレー部は伝統的に強いという話を聞いたことがある。だが、弓道部がかつて強かったなんて初耳だ。弓道場もないのに、そんなことがあるんだろうか。そもそも弓道部がうちの高校にあったなんて、初めて知った。

「強かったのはかなり昔の話らしいけどさ。うちのオヤジがムサニ出身で、その頃は結構人気の部活で、部員も多かったんだって。だから、やれないことはないはずだよ」

賢人の隣にいたカズが言う。

「へぇ、そうなんだー」

自分の高校のことなのに、案外知らない。だけど、そんな昔のことはきっとみんなも知らない。先生だって知らないだろう。その頃在籍していた学生は、いまは誰もいない。都立高校には異動があるから、教師だって一〇年も経てば全員入れ替わる。人が違うのだから、その頃とはまったく別の学校のようなものだ。

「だから、俺たちで復活させようよ」

賢人はとても簡単なことのように言う。本気でそう思っているのだろう。賢人とは浅いつきあいだけど、あまり深く考えたりするタイプではないようだ。

「うん、おもしろそうだね」

ふたりの提案に、私は慎重に返事をした。見知らぬカズという子が加わることを少し警戒している。カズはおっとりした感じの子だが、部を一緒に作るほどのつきあいができるかどうかは、まだわからない。

「あ、だけど部活始めたら、弓道会の方はどうなるの？　やめなきゃいけない？」

それだとちょっと嫌だ。弓道会も気に入っているから、こちらも続けたい。

「弓道会を続けながらでも、部活はできるよ。俺たちで部を作るんだから、練習日だって自分たちで決められる。毎週木曜日は部活を休みにすれば、弓道会のジュニア練習に参加することもできるし」

自分たちで練習日が決められる？　それって、すごい。中学までは部活のルールなどは最初から決まっていたし、自分たちで自由に変えられるとは考えたこともなかった。

「自分で決められるって、なんかカッコいいね」

新しく部を作るのもいいかもしれない、と初めて思った。自分たちでルールを決めて行動するという経験は、いままであまりしたことがない。それができるのはワクワクする。平穏だけど変化のない高校生活が、これで変わるかもしれない。

「うざい先輩もいないって、すごくよくない？」

カズの言い方に、妙に実感がこもっている。中学の部活で先輩に嫌な思いをしたことでもあるのだろうか？

「それに、部活を作れば試合に出られるよ」

賢人が意味深な言い方をする。

「試合？」

「うん、同じ高校生と対戦するんだ。そういう連中となら、俺らも互角に戦えるだろ？」

「ああ、そっか」

賢人の目的はそれなんだ。弓道会の先輩の中には、私たちが生まれる前から弓道をやっている人もたくさんいる。四段、五段の人も大勢いる。弓道会の試合の選手に、弐段の賢人が選ばれることはまずない。同じ弐段でも、賢人よりうまい人はたくさんいるのだ。

だけど高校生だけの試合なら、弐段を持っている賢人は圧倒的に有利だ。高校の部活では、高校から弓道を始める人の方が多いだろうから。

それは自分も同じだ。初段とはいえ、段を持っているのは有利だろう。

「高校入ったからには、俺、何か部活もやりたい。どうせなら弓道がいい。部活だと集中して練習できるし、試合を目的にするから上達も早いと思う」

弓道会で上達するための目標は、段級審査に合格することだ。だが、これは誰かに強制されるものではない。弐段以降は自分自身で受験する時期を決められるから、ぼんやりしているとただ月日が経ってしまう。

「だからさ、弓道部作ろうよ」

「うん、いいね。やろう」

いままでは帰宅部だったので、クラスの友だち以外の繋がりはなかった。だけど、これをきっかけに変わるかもしれない。クラスや学年を越えた仲間ができるかもしれない。そしたら、いまより学校に行くことが楽しくなるかもしれない。

「あ、だけど善美はどう思う？」

賢人の声はちょっと緊張している。変わり者の善美の反応は、私にも測りかねる。

「いいんじゃない」

しかし、善美は拍子抜けするほどあっさり返事をした。

「部を作ることに賛成ってこと？」

「うん」

「ほんとに？」

私も重ねて聞いてみた。日頃マイペースの善美が、部を作るという面倒なことに賛成するとは、にわかには信じがたい。

「試合に出るというのをやってみたい」

短い言葉だが、きっぱり言った。

そういうことか、と腑《ふ》に落ちた。善美は最近めきめき上達している。だから、自分の実力を試してみたいのだろう。

「よし、善美が賛成するなら、全員意見が揃《そろ》った。ひとりじゃ無理かもしれないけど、四人いればなんとかなる。ムサニに弓道部を復活させるために、みんなで頑張ろう！」

「おうっ」

カズだけがそれに呼応する。ふたりとも、拳を上に突き上げている。

「なんだ、楓も善美もノリが悪いな」

「だって……」

なんだか、ちょっと恥ずかしい。だが、賢人は真面目な顔をしている。

「ここから武蔵野西高校弓道部が始まるんだ。一緒に合わせろよ。いいか、弓道部復活、頑張るぞ！」

「おうっ」

今度は私も唱和して、ふたりと一緒に拳を振り上げた。善美も声は出さないが身振りはみんなに合わせている。

大きな声をあげたら、なんだか気持ちがよくなった。

「うん、頑張ろう」

それは賢人に、というより自分自身に向かっての言葉だった。

新しい学年になって、新しい風が吹き込んできた。弓道部設立という目的に向かっててみんなで動き出す。学校生活が、がらっと変わるに違いない。

私は大きく深呼吸をしていた。

2

その翌日、私は都心にある弓具店に向かっていた。初段を取ったということで、ついに弓を買うことになったのだ。部活も始めることになりそうだし、どんどん弓道の時間が増えていくから弓は必需品になる、と母を説得したのだ。

弓代は、弓道に理解のある父方の祖母が出してくれるという。祖母は「安ものはダメ。長く使えるちゃんとした弓を買いなさい」と言って、お金をたくさんくれた。折よく弓道会の大先輩の白井《しらい》康之《やすゆき》さんが弓具店に行くという。それで、ほかの人たちと一緒に同行させてもらうことにした。白井さんはかなり年長で、弓道会でも段位がいちばん上の実力者だ。範士《はんし》八段というすごい人だけど、面倒見もよく、ジュニア会員の指導もしてくれている。白井さんは都心にある弓具店を長く贔屓《ひいき》にしているので、一緒に行くとみんなも割り引きしてもらえるのだ。

新宿《しんじゅく》から総武線《そうぶせん》で数駅東に行ったところで降り、広い通りをみんなでだらだらと歩いて行く。

私以外は同期の善美、フレデリック・モローさんと小菅ゆかりさん。さらに、善美の兄の乙矢《いつや》くんも一緒だった。乙矢くんはこの春第一志望の国立大に合格した。誰もが知る超一流の名門大学だ。乙矢くんの合格を知ってから、本人に会うのは今日が初めてだ。

「おめでとう。乙矢くんって、すごいんだね」

「別にすごくないよ。大事なのはどこの大学に入るかじゃなく、そこで何をやるかだからね」

さらりと乙矢くんは言うが、誰もがいい大学に入れるわけじゃない。受かっただけでもすごい。これまでは弓道会のジュニア仲間で対等だと思っていたのが、なんとなく遠く感じられる。大学生というだけでもちょっと遠い存在なのに、超名門大学の学生なのだ。だが、乙矢くんは私のそんな戸惑いに気づくこともなく、

「さあ、着いた。ここだよ」

と、言って中に入って行く。その声に導かれるようにして、私も古めかしい弓具店の扉をくぐった。

弓具店は間口が狭く、細長く奥に延びている。手前は売り場、奥は作業場になっている。左手の壁にはずらりと弓が並び、手前にはいろんな矢も置かれている。右手にはカウンターがあり、弽《ゆがけ》などの用具が並んでいる。真ん中には狭い通路があり、私たちが入ると、店内はもうそれでいっぱいだった。

壁に立て掛けてある弓は何十本とあり、竹、カーボン、グラスファイバーと素材別に置かれている。みなぴかぴかと輝いて、自分を連れ出してくれる相手を待ち構えているようだ。竹にするか、それ以外にするか、結構悩ましい。

「とくにこだわりがないのであれば、最初はグラスファイバーを試して、弓の扱いに慣れたら、竹にするのがいいと思いますよ。特に学生さんは引く回数が多いので、丈夫なグラスの方がいいと思いますし」

お店の人はそう言ってグラスファイバーを薦めてくる。

テニスではウッドよりも新素材の方が高級品だったけど、弓道は反対なんだな、と気づく。かつてはテニスのラケットもウッド一辺倒だったそうだ。だが、カーボンやアルミ、チタンといった新素材が出ると、たちまちウッドを駆逐した。いまやウッドのラケットでテニスをしている人など皆無に等しい。私は中学時代テニス部だったので、部室に置きっぱなしになっていたウッドのラケットを見たことがある。重いし、打面も小さい。これでいいショットを打つのは大変だっただろう。それに、雨に濡《ぬ》れるのもダメなんじゃないだろうか。ウッドのラケットは骨董品だ、と思ったものだった。

弓の場合も、竹は天然素材なだけに、扱いが難しいという。気温や湿度の変化で状態が変わる。ちゃんと手入れしていないと、歪《ゆが》んだり、ひびが入ったり、時には割れることもあるらしい。もちろん濡らすのは厳禁だ。

だが、弓と言えば竹弓、と頑として譲らない先輩も多い。天然素材だから美しいし、ひとつひとつ手作りで個性がある。矢を放った時の手の衝撃も柔らかいし、その時々で微妙に状態が変わる。竹弓は奥が深いし、それを自分の使いやすいように育ててこそ弓道だ、と言うのだ。

骨董品というか工芸品だから、竹弓の方に価値があると思う人が多いんだな。そういうアナログな感覚が、弓道らしいって感じだけど。

だが、竹弓は値段が高い。グラスファイバーの倍近くする。まだ初心者だし、扱いがめんどくさそうな竹は自分には早い。お店の人の言うように、最初はグラスファイバーで、慣れたら竹も考えよう。そもそもテニスラケットのことを知っているから、自分は竹に固執する必然性をあまり感じない。新しくよい素材があるなら、それを使えばいいと思う。

そう決めると、あとはキロ数と引いた時の感触だ。キロ数というのは、弓を引く強さの尺度を示すものだ。試しにキロ数が大きければ大きいほど、引くのに力がいる。試しにいくつかの弓を素引《すび》きさせてもらう。欲しいと思っていた一二キロの伸びのグラスファイバーは二張あり、引いた時の感触はそんなに変わらない。そうなると、あとは見た目だ。決め手になったのは、片方の弓の横の部分が濃い赤だったことだ。ほとんどの弓は全面黒っぽい茶色だが、それは二色に塗り分けられている。さらに、握革《にぎりかわ》も赤というのがしゃれている。

「これください」

迷わずそちらをレジに持って行った。

「弓袋《ゆぶくろ》はどれがいいですか?」

弓を購入した人には、弓袋がお店からプレゼントされるのだ。店員さんが示した箱には、色見本帳のようにいろんな色の弓袋が並んでいる。

「その、赤いのをください」

弓に合わせて濃い臙脂《えんじ》色の弓袋を選んだ。移動の時にはその上に弓巻《ゆまき》という布を巻き付けるのだが、それは初段を取った記念に、弓道会から貰《もら》っている。昇段するたびに弓巻が貰えることになっているそうだ。私が貰ったのは桃色の地に花々が描かれている華やかな柄の弓巻だ。今日やっと出番がきた。

さっそく購入した弓を弓袋に入れ、持って来た弓巻を巻く。さらに地面に着く方に石突《いしづき》という小さな革袋を履かせる。弓にとっての靴《くつ》のようなものだ。そうして、持ち運びができる状態になる。右手に弓を持つと、気分が高揚する。

初めての自分の弓。ドキドキするほど嬉しい。この弓と一緒に私はどこまで進んで行けるだろうか。きっと大事にしよう。

モローさんと小菅さんもグラスファイバーを選んでいたが、善美は竹弓を選んだ。握りが紺色で、見た目も渋い。それに、結構値段も高い。

「扱い、面倒らしいよ。大丈夫？」

私は一応忠告したが、善美は一言、「これが気に入った」

本人がそう言うなら、それでいいのだろう。メンテナンスも本人がやることなのだから。

その時、後ろで声がした。

「的ありますか？」

的？　そんなもの、買う必要があるんだろうか。弓道場にはたくさんあるというのに。

振り向いて声の主を見ると、モローさんだった。それで私は納得した。モローさんは三月いっぱいで留学を終え、本国フランスに帰るのだ。向こうでも練習すると言っていたから、そのために用具を買っていくつもりなのだろう。

「はい、もちろん」

「じゃあ、的をふたつ。それに的紙もクダサイ。それから、この巻藁《まきわら》も売ってるんですか？」

モローさんは身なりにあまり構わないので、今日も寝ぐせがついている。右耳の上で茶褐色の髪がひとふさ跳ねている。

「モローさん、巻藁まで買うんですか？」

私はびっくりして尋ねた。巻藁は藁を集めて束ね、弓の的代わりに使うものだ。巻藁専用の矢を使って、近距離から巻藁に向かって放つ。中《あ》てることよりも、自分自身のフォームに乱れがないか、確認するためのものだ。店にある巻藁は道場のものよりは小さいが、直径三〇センチくらい、長さも五〇センチくらいはある。

「はい。フランスでは買えない、と思いますから」

フランスにも弓道会はあるそうだ。ヨーロッパの中では、弓道愛好家が多い国だという。それでも、弓具だけの専門店はないらしい。ネットでなんでも購入できるとはいえ、モローさんは日本にいるうちにまとめて買っておくつもりなのだ。

「的を使って練習できるような場所があるんですか？」

「パリのアパルトマン、小さいです。日本のマンションと広さ、変わりません。だけど、別荘があります。その庭に、弓道のスペース、作ります」

「別荘！　お金持ちなんですね？」

「ノンノン、お金持ちじゃありません。パリの人、郊外にもう一つ家を持つ、珍しくありません。週末やバカンスはそちらで過ごします」

お金持ちじゃなくても、郊外に家を持てるなんて、フランス人はいいなあ。しかも、庭に弓が引けるだけのスペースがあるなんて素敵だ。みんな、そういう生活をしているんだろうか。日本人で別荘持っているのは、一握りのお金持ちだけなのに。

モローさんは足袋《たび》や弦もまとめ買いした。弓袋や石突などの小物も揃えた。矢は既に持っているらしいが、新しくもう一セット購入した。全部合わせると、かなりの荷物になる。

「ご自宅まで配送しますか？　それとも、いまお持ち帰りになりますか？」

「持ち帰るのは無理。弓以外は送ってください」

「では、こちらの伝票にご記入ください」

お店の人が差し出した伝票に、モローさんがいま住んでいる六本木《ろっぽんぎ》の住所を書き入れる。

「これでいつフランスに戻っても、弓道の練習は続けられます」

モローさんはニコニコしている。フランスに帰ったら、すぐに弓道を再開するつもりなのだと言う。パリには弓道場もあるらしい。

「フランスでも審査を受けられます。次は弐段、頑張ります」

それを聞いた私は少し寂しくなった。モローさんは本当に帰国してしまう。せっかく親しくなれたのに、遠い人になってしまう。またいつか、会える時が来るのだろうか。

私たちのことを覚えていてくれるのだろうか。

「じゃあ、皆さん、選び終わりましたか？」

白井さんがみんなに尋ねる。

「すみません、僕はちょっと迷っています。これとこれ、どちらがいいかと」

乙矢くんがグラスファイバーの弓と竹の弓を示す。

「自分の弓力にあっていると思うのはグラスなんですが、この竹の感触も捨てがたいんです。自分の弓力より一キロ強いんですが」

「ちょっと引いてごらんなさい」

白井さんに言われて、乙矢くんは素手で竹弓を持ち、素引きをする。なんなく左右に引き分けている。

「うん、こちらでも大丈夫だと思いますよ。まだ若いし、これでも十分やれるんじゃないでしょうか」

「ありがとうございます。じゃあ、やはりこちらにします」

乙矢くんは嬉しそうに言う。こころの中ではこちらと決めていたのだろう。きっと誰かに背中を押してもらいたかったのだ。

それぞれ欲しいものを選び、レジで精算してもらう。みんなかなりの金額だが、やはりモローさんがダントツだ。それをカードの一回払いで購入する。前から思っていたが、モローさんはたぶんお金持ちなのだろう。一介の留学生なのに、六本木の高級マンションに住んでいるらしいし、高そうなカメラを何台も持っているのだから。

帰り道の電車は混んではいなかったが、座席はほとんど空いていない。弓を持っているので、邪魔にならないように各自入口の脇《わき》や隅の方に分かれて立つ。私が隣の車両との境目辺りに立つと、乙矢くんもさりげなく傍に立った。

故意なのか偶然なのだろうか。私は照れ臭くなって、乙矢くんをまともに見ることができない。以前、善美から「乙矢は楓のこと気に入っている」と聞かされたので、なんとなく意識してしまう。乙矢くんに会ったのは、その話を聞いてから今日が初めてだった。

「善美に聞いたよ。高校に弓道部を作るんだって？」

乙矢くんは前と変わらない、自然な口調で話し掛けてくる。

「うん。賢人が言い出したんだ。もともとうちの学校には弓道部があったんだって。それを復活させるなら、そんなに難しくないと思うんだ」

いつも通りを意識して返事をする。だが、視線は窓の外に向けたままだ。「気に入っている」というのがどの程度なのか、異性としてのものなのか、ただの友人としてなのかわからない。

だけど、それを確かめるのも怖い。いままでの関係が変わるのは嫌だ。

「いいな。僕は高校時代、弓道部を作ろうなんて思いつきもしなかったよ。うちの高校には弓道会の仲間はいなかったし」

「そっか。うちは最初から仲間が三人いるし、それだけでもいいよね。部にするためには五人必要だから、賢人が連れて来た子以外にも、あとひとり誰か誘わなきゃいけないんだけど」

部を新しく作る条件としては、最低五人の部員が必要だそうだ。あとひとりなら、なんとかなりそうな気がする。

「できれば男子三人、女子三人になるといいね」

「どうして？」

「三人いれば、団体戦に出られるだろ？」

「あ、そうか。団体戦は男女別で三人一組なんだね」

東京は弓道人口が多いので、団体戦でも三人一組で参加する大会が主流らしい。そして、団体戦の成績上位者が個人戦にも出場できる。つまり団体戦が個人戦の予選を兼ねることもある。

「うん。でもまあ、それは先の話か。まずはもうひとり連れて来ないとね」

「みんなで一枚ずつポスターを描くことにした。『来たれ、弓道部！』って」

「大丈夫だよ、きっとうまくいく」

乙矢くんに言われると、胸の奥に勇気が湧《わ》いて来るようだ。ちゃんと実現する気がしてくる。

「ところで、乙矢くんの大学には弓道部はあるの？」

「うん。百年以上の歴史がある部で、弓道場も専用の立派なものがある」

「じゃあ、乙矢くんはそこに入部するんだね」

「そのつもり。学生弓道っていうのは、弓道会の弓道とはちょっと違うらしいから、ついていけるかわからないけど」

「大丈夫だよ。乙矢くん、上手いし。きっとすぐにレギュラーになれるよ」

「レギュラーになれなくても、毎日弓が引けるなら、それだけでいいんだ」

乙矢くんの目は遠くを見ている。乙矢くんはいつも優しいし、あたりも柔らかい。だけど、本心は滅多に口にしないことを私は知っている。いったい乙矢くんは何を望み、どこへ行こうとしているのだろうか。

「大学の弓道部に入ったら、弓道会の方にはもう来ないの？」

乙矢くんの高校には弓道部がなかった。それで、弓道会に来たのだ。もし、ほかに弓道の練習ができる場所があれば、弓道会で練習する必要は無くなってしまう。

乙矢くんは柔らかく微笑《ほほえ》んで私を見た。

「いや、なるべく来るつもりだよ。僕の射は弓道会で教わったものだし、白井さんや国枝《くにえだ》さんみたいな方もいらっしゃるから、大学の部活とは違うよさがあると思う」

「そうだよね。それがいいよね」

学生弓道と弓道会の違いというのは、私にはぴんとこなかった。でも、同世代以外の人たちが集まる弓道会も、それはそれで楽しいと思う。きっと、乙矢くんも同じ想いなのだろう。

「それに、五月にはまた参段に挑戦するから、先輩たちにご指導いただかないと。今度こそ合格したいし」

「頑張ってね」

「そっちも、弓道部設立、頑張れ」

「うん、頑張る」

私は前と同じように乙矢くんと自然な会話ができて、ほっとしていた。同じ弓道会の仲間として、つかず離れずの関係がいい。乙矢くんのことは好きというより憧《あこが》れている。だから、いまのままでいいのだ。

私はそっと横に立つ乙矢くんの顔を見た。間近で見ると、乙矢くんのまつげの長さに驚く。善美もそうだが、そこらのタレントより整った顔立ちなのだ。なんとなく引け目を感じて、私は視線を床に落とした。

3

「なかなかうまくいかないね」

賢人は組んだ両手を前に伸ばしながら、溜《た》め息《いき》を吐いた。

「近頃、弓道は女子人気が高いっていうから、募集掛ければすぐに女子が集まるかと思ったんだけど」

新学期と同時にポスターを掲示して、二週間が経った。しかし、入部希望者どころか、問い合わせのひとつもない。それで、放課後四人で集まって、作戦会議を行うことになったのだ。

いまいる場所は私の所属する二年四組の教室。正確には私と善美のいるクラスだ。今年、善美とは同じクラスになっていた。放課後の教室は、掃除が終わればほとんど人は残っていない。どこに集まってもよかったのだが、ふたりいるからということで、この教室が選ばれた。適当に椅子《いす》と机を並べて、四人で会議をしている。

「そりゃまあね、まだ正式なクラブじゃない、弓道場もない状態で、一緒にやろうと言われても、なかなか踏み切れないのかもしれない」

「大丈夫だって。まだ二週間だし。もうちょっとすれば、誰か来るよ」

賢人は沈んだ口調だったが、カズは楽観的だ。第一印象と変わらず、カズはおっとりして人あたりのいい子だった。

「もう一年生はみんな部活を決めているよ。このままゴールデンウィークを過ぎたら、もう誰も入ってこないと思う」

賢人の言葉に、去年の自分のことが蘇《よみがえ》ってきた。中学時代から憧れていた硬式テニス部に入ったのに、まわりに流されてすぐにやめてしまった。弓道会にもまだ入っていなかったから、ゴールデンウィークはただぼんやり過ごしていた。

「一度クラブに入っても、そこがあわなくてやめる子もいるよ。そういう子が入ってくれないかなあ」

私は呟《つぶや》くように言った。もし、去年弓道部員募集のポスターを見たら、自分はきっと入部していただろう。

「問題は、俺らの存在に気づいてもらえるか、ってことだよね。ポスターの掲示期間も決まっているから、そろそろ剝がさなきゃいけないし、そうしたら、アピールする手段もなくなるからなあ」

賢人は言い出しっぺなのに、意外と悲観的だ。弓道会で何度か一緒に練習するくらいのつきあいなので、賢人がどんな性格なのかは、それほどよくは知らなかった。

「どこかで、デモンストレーションでもやる？　弓道着を着て、弓を持って引いているのを見たら、やってみたい人もいるかもよ」

カズは前向きだ。私も賛成だ。ただぼやいていても仕方ない。

「それ、いいかもね。どんな風にやるの？」

「校庭のどこか一画借りてさ。的を弓道会から貸してもらって、設置してさ」

「うん。実際に見てもらうのが、いちばんいいよね」

白い胴着《どうぎ》に袴《はかま》を身に着け、弓を持った姿はそれだけで凛々《りり》しい。さらに、縦横十文字をとった正しい姿勢で弓を引く姿には、美しいバランスがある。私自身も、的に中てたいというより、その姿に惹《ひ》かれて始めたようなものだ。

「だけど、学校から許可が下りるかな。矢を使うのは危険だから、きっちり安全対策しないとダメだと思う」

賢人が言うのももっともだ。弓歴の浅い自分たちの射は、矢どころ、つまり矢の中る場所が定まらない。たまにとんでもない方向に逸れてしまう。それに、変なところに中って跳ね返ることがないとも限らない。射場以外の場所でやるのはとても危険だ。

「だったら、ゴム弓か巻藁で練習しているところを見せる？」

カズの提案を、私は即座に否定した。

「それもねえ、あんまりカッコよくないし。そもそも巻藁ってどこから持って来るの？」

「モローさんが持っていたよね」

そう言ったのは、賢人だった。モローさんが弓具店で巻藁を買った話は、弓道会中で話題になっていた。

「モローさん、とっくにフランスに帰ったよ。送別会、やったじゃない」

「あ、そうか」

三月の終わりのある日、有志が集まって、弓道場の近くの中華料理店で、モローさんのために送別ランチ会をした。モローさんはとても感激して、「またいつか必ず戻ってきます」と言っていた。何年先になるかはわからないが、また同期のみんなで弓が引けるといいと思う。

「誰かひとりだけでいいんだけどなあ。帰宅部の誰かに名前だけ借りようか」

私が何気なく言った言葉に、カズが飛びついた。

「ナイスアイデア！　ぜひそうしよう」

「俺らは入学したばかりだから、知り合いはいないよ。カズ、誰か頼めるような知り合いいる？」

「そこはそれ、楓先輩か善美先輩のお友だちに頼んでもらえば。帰宅部仲間の人とかいるんじゃないですか？」

こういう時だけ、カズはちゃっかり先輩呼びだ。私は思わず苦笑した。

「帰宅部って、基本バラバラだから。頼めるような人はいないよ。いまのクラスはまだ誰が帰宅部かも知らないし」

「そっかー。名前借りるだけだとしても、難しいのかなあ。やれやれ」

そう言いながら、賢人が両手を上げて伸びをしたところに、後ろから声がした。

「あのー」

賢人の後ろに、男子生徒が立っていた。

「なんでしょう？」

みんな、一斉に彼を見た。小柄で痩《や》せていて、黒縁の眼鏡を掛けている。どこのクラスにもひとりくらいはいそうな、勉強は得意だけど運動は苦手という感じの男子生徒だ。

「すみませんが、もうちょっと静かにしてもらえませんか？　僕、さっきから読書してるんだけど、きみたちの声がうるさくて、なかなか頭に入ってこなくて」

「ああ、すみません。だけど、ここ教室でしょ？　図書室の方が静かに読めるんじゃないですか？」

「どこで読書しようが、僕の自由。そもそも矢口さんと真田さんはこのクラスだけど、きみたちは違うでしょ。上級生のクラスに勝手に入っていいの？」

うちの学校は、学年ごとに校章の色が違っている。私の学年は緑だが、賢人とカズは一年下なので青である。相手はそれを見たのだろう。

「そういうあなたは、うちのクラスだっけ？」

つい私はそう言ってしまった。男子生徒が同じクラスだという覚えがない。

「きみ、失礼だな」

彼はむっとしている。私はしまった、と思った。

「ごめん、まだクラスのみんなの顔と名前が一致していなくて」

もごもごと言い訳をする。新しいクラスになってまだ二週間だし、クラス全員の名前はまだ覚えてはいない。それに、相手は印象が薄いタイプのようだ。会議をしている間も、彼が同じ教室にいたという気配すら感じなかった。

すると、突然、それまで黙っていた善美が口を開いた。

「出席番号三番、薄井《うすい》道隆《みちたか》。図書委員」

「あれ、僕のこと知ってたの？」

彼の表情が少しやわらいだ。

薄井って名前なのか。印象が薄い薄井くん、よし、覚えた。

善美は淡々と続ける。

「座席は窓際の後ろから二番目」

「よく覚えているね」

薄井くんはちょっと嬉しそうだ。善美のような美少女に、座っている席まで覚えてもらえるというのは、男子として嬉しいことなのだろう。

「あの、騒いだのは悪かったです。それで、先輩は帰宅部ですか？」

いきなりカズが立ち上がって質問した。

「えっ、まあ、そうだけど」

「だったら、一緒に弓道やりませんか？」

「弓道？」

薄井くんは、突然の提案に面食らっている。

「部員が五人いれば、弓道部ができるんです。俺ら四人しかいないんで、あとひとり必要なんです。あの、幽霊部員でもかまいません。どうか、名前だけでも貸してもらえませんか？」

「そうだ、それがいい。よろしくお願いします」

賢人も立ち上がって言う。背の高い賢人と比べると薄井くんが低いのは言うまでもないが、カズと比べても小柄だ。おそらく私よりも数センチ低そうだ。

「そんなこと、突然言われても。……そもそもどうして弓道部を作ろうと思ったの？」

「実は俺と楓と善美は、地元の弓道会で練習しているんです。だけど、俺らまだひよっこだから、弓道会では選手にはなれない。なので高校にクラブを作れば、自分らも試合に出られると思ったんです」

「じゃあ、きみらみんな経験者ってわけ？」

「いや、俺は先月始めたばっかりなんで、経験者のうちに入らないです。先輩がいまから始めても、そんなに違いはないですよ」

カズは完全に勧誘モードだ。我々のことを尋ねるということは、薄井くんも少しは興味があるのだろう、と私も思った。

「それに、弓道は運動神経関係ないし、練習続ければ誰でも上手くなる。運動部だけど文化部みたいなものだし、口うるさい先輩もいないし、気楽ですよ」

「先輩が入部してくれれば、男子が三人。だから、団体戦にも出ることができるんです。即レギュラーですよ」

賢人とカズが勧誘のために言葉を重ねる。私も何か言わなきゃ、と思う。

そう、何を言ったらいいのかな。薄井くんには、どういう言葉が響くだろう。

帰宅部の薄井くんが関心を持ってくれるとしたら……そうだ。

「私もいままで帰宅部だったの」

それを聞いて、薄井くんがはっとしたように私の目を見た。

「帰れば弓道会もあるし、塾にも行ってたから友だちもいたし、それなりに充実はしていた。でも、やっぱり高校にクラス以外の繋がりがほしいと思ったんだ。それで、賢人が弓道部作りたいっていう考えに乗ることにした。高校生活はあと二年しかないけど、授業以外にこれをやった、って思い出が作れればいいと思って」

薄井くんは黙ったまま、腕組みして私の言うことに耳を傾けている。

少しはこころに響いているのだろうか。

「だから、もし薄井くんもおんなじように思ってくれるなら、一緒に弓道部に参加してほしい」

口からでまかせではない。本気で私はそう思っていた。薄井くんの表情からは何を考えているか読めなかった。しばらく黙っていたが、薄井くんはふいに善美の方に顔を向けて尋ねた。

「きみはどう思う？　僕が入部した方がいい？」

善美はまっすぐ薄井くんの目を見て言う。

「いいと思う。薄井くんは真面目だし、入部してくれたらきっとみんなが助かる」

それを聞いて、薄井くんは少し頰《ほお》を赤らめた。

「お願いしますよ、先輩！」

「頼みます！」

賢人とカズがなおも食い下がる。薄井くんは少しの間黙っていたが、おもむろに口を開いた。

「すぐには決められない。ちょっと考えさせてほしい」

それだけ言って自分の席に戻ると、帰り支度を始めた。四人は黙ってその様子を見守っている。薄井くんはそのまま教室を出て行こうとしたが、出入口の前で立ち止まり、振り向いた。

「ところで、活動日はいつ？　週何日やるつもり？」

「それについては、これから検討します。これから作るクラブなんで、そういうこともみんなで決めればいいので」

「わかった。じゃあ」

薄井くんが教室を出て行くと、なんとなく肩の力が抜けた。

「薄井くん、入ってくれるかな？」

「まあ、ダメ元だからな。あんまり身体動かすの、得意じゃなさそうだし。入ったとしても、戦力にはなりそうにないしな」

熱心に誘ったわりには、賢人はあまり期待していないらしい。一方カズは前向きだ。

「ま、いいじゃん。名義だけでも貸してもらえれば、部として成立するんだし。この際、五人揃えることが大事だよ。拝み倒してでも、入ってもらおうよ」

仲がいいのに賢人とカズの性格は正反対だ。だから、ふたりは合うのかな。

「とにかく、返事を待とう。入ってくれるといいね」

私はそう言ったものの、薄井くんが弓道をする姿をうまくイメージできなかった。

翌日の昼休み、私は教室で友だちとお弁当を食べていた。一緒にいるのは一年の時同じグループだった三木花音《みきかのん》と、そのバスケ部の仲間の村上愛《むらかみあい》、それに真田善美だ。最初は花音と愛と私の三人でお弁当を食べていたのだが、善美がひとりで食事しているのを見て、花音が私に「真田さんも一緒に食べないか、誘ったら」と言ったのだ。周りから見れば、私と善美は週に何回かは連れ立って帰るので、仲良しだと思われているらしい。誘っても断られるんじゃないか、と思ったが、意外にも善美は同意した。それ以来、昼は四人で弁当を食べている。もっとも、善美は傍にいるだけで、ほとんど会話には加わらなかったが。

私のお弁当は、毎朝自分で作っている。といっても、おかあさんがお弁当用のおかずを適当に食卓に出してくれるので、それを詰めるだけだ。おかあさんは仕事を持っていて忙しいので、「高校生なんだし、それくらいは自分でやりなさい」と言われたのだ。それで、私なりに工夫して、見栄えがよくなるように並べている。今日は昨日の夕食の残りの唐揚げとブロッコリーとミニトマトが出してあったが、彩りが寂しいので自分で卵焼きを作って加えた。自慢じゃないけど、その程度の手間は掛けているのだ。

お弁当を自分で詰めているのは私だけ。ほかの三人は親の作ってくれたものだが、善美は料亭の仕出し弁当か、と思うような美しい弁当を持参する。今日も豆ご飯に鰆《さわら》の西京焼き、野菜の煮物、鰻巻《うまき》といったメニューだ。煮物は面取りがしてあり、白《しろ》醤油《しょうゆ》で上品に仕上げてある。デザートにはイチゴ。まるで料理人が作ったような美しいお弁当だ。

「ふうん、じゃあ、あとひとりがみつからないんだね」

花音は卵焼きを突《つつ》きながら言う。私は、弓道部に人が集まらない悩みを打ち明けていた。

「先行きどうなるかわからないクラブだからね。それより、もっと部員が多くて、先輩もいるクラブの方がいいんだろうな」

そんな話をしていると、ふいに後ろから声を掛けられた。

「矢口さんと真田さん、話があるんだけど」

振り向くと、薄井くんが立っていた。話し掛けられるまで、傍にいることに気づかなかった。やはり薄井くんは存在感が薄い。

「え、ああ、もうちょっとでお弁当食べ終わるから、その後でいいかな」

「うん。食べ終わったら声を掛けて。僕、自分の席にいるから」

薄井くんはそう言って、すぐに立ち去った。薄井くんはクラスに親しい人がいないのか、弁当もひとりで食べている。かといって、仲間外れというわけでもない。もう高校生だし、男子は女子ほどにグループを意識しないのだろうと思う。

「楓って、薄井と親しかったっけ？」

花音が興味津々という顔で聞いてきた。花音はいい子だが、噂好《うわさず》きでもある。

「たぶん、弓道部のこと。彼、帰宅部だから、入部しないかって誘ってみたの」

「ふうん。薄井が弓道ね」

花音は意味ありげに呟く。

「薄井くんのこと、知ってるの？」

「うん、同じ中学だったから。彼、高校入ってから水泳部に入部したけど、練習が厳しすぎてついていけずにやめたんだよ」

「へえ、そうなんだ」

私は初めて薄井くんの人となりに関心を持った。自分も入学してすぐにテニス部をやめてしまったので、ちょっと状況は似ている。

「水泳部の子に言わせれば、きつい時は適当にサボればいいんだって。無理して頑張ることはないんだけど、薄井はそれができなかったらしい。まあ、クソ真面目だからね」

「クソ真面目？」

「うん。掃除は絶対にサボらないし、当番なんかもきちんとやる。それで、中学の時も役員とか係とか押し付けられていたな。それでもちゃんとやってくれるから、頼りになるといえば頼りになるんだけど」

花音の言い方には含みがある。私はそれが気になる。

「それ以外に、何かあるの？」

「彼、その真面目さを他人にも押し付けるんだよね。自分がこれだけやってるんだから、みんなも協力しろ、みたいに。それがうっとうしいというか、めんどくさいというか。いれば助かるけど、面白みもないし人望もない感じ」

「運動はできるの？」

私が聞くと、いやいや、というように花音は右手を横に振った。

「いやー、できなかったよ。英語や数学だけなら学年でもトップクラスだったけど、体育や美術や音楽は全然ダメ。センスゼロ」

「そうなんだ。だったら、やっぱり弓道はやらないかな」

「やらないかもね。どっちにしろ五人しかいないなら、性格的にも合う子の方がいいよ」

花音はそう言うが、五人いないとそもそも部として成立しないのだ。薄井くんが名前だけでも貸してくれると助かる。だけど運動が苦手なら、弓道は嫌かもしれない。真面目な子だというなら、名前だけ貸すのも嫌だろう。

やっぱり入らないと言うのかな？　私たちに断るつもりかな。

お弁当を食べながら、気もそぞろだった。好物の鶏の唐揚げも、今日は味がよくわからなかった。

その後、善美と薄井くんと三人で階段の踊り場に来た。ここなら、あまり人に聞かれることもない。周りに誰もいないのを見計らって、薄井くんが言った。

「僕、弓道部に入ってもいいよ」

「え、ほんとに？」

私はびっくりして聞き返した。

「ただし、条件がある」

「条件って？」

「ひとつは活動日のこと。月水金の放課後にしてほしい。いま通っている塾との兼ね合いで、それ以外の曜日に参加するのは難しい」

「わかった。それだけ？」

もともと賢人たちと、練習日は月水金がいいかな、と話をしていたのだ。その曜日なら、弓道会の木曜日の初心者教室にも参加できる。試合が近づいたら毎日練習するかもしれないが、当面はそれくらいのペースがいいんじゃないかと思う。

「それから、朝練や日曜祝日は練習しない」

「それ、自主練ならかまわない？」

「うん。だけど部としての活動ということにはしないでほしい」

「そのふたつは大丈夫だと思う」

弓道のよいところは、練習もひとりでできるというところだ。部活であろうとなかろうとやりたい人はやればいい。それを部活として強制しないだけのことだ。

「それと、もうひとつ条件がある。これをのんでくれるなら参加するし、ダメなら参加しない」

薄井くんの表情が硬い。何か、とんでもない条件を出してくるつもりかもしれない。

「その条件って？」

私は悪い予感を覚えながら、聞き返した。

「部長になりたいだって？」

薄井くんの出してきた三つ目の条件を聞いて、賢人が大声を出した。

「そりゃまた、なんでそんなことを？」

カズも驚いた顔をしている。そんなことを入部の条件にしてくるとは、誰も予想していなかったのだ。

その日の放課後、急遽四人で集まった。場所は中庭だ。三方を校舎に囲まれた場所の真ん中に、大きな桜の樹が何本かあって、それを囲むように作られた花壇には園芸部が丹精込めて世話をした草花が咲き乱れている。その前のベンチに私と善美が座り、賢人とカズはその前に立っていた。

「薄井くんに言わせると、いままでクラスでもクラブでも委員会でも、結局雑務は全部自分がやった。事務処理能力が高いから、押し付けられたんだって。けれど手柄は自分じゃなく部長のものになった。それが理不尽だと思った。だから、やるなら最初から部長になった方がいいと思ったんだって」

「すごいムカつく。後から誘われただけなのに、部長になって部を支配したいってこと？　部を乗っ取ろうってこと？　そもそも自分で自分のことを『事務処理能力が高い』なんて言うか？」

賢人が怒るのはもっともだと思う。私も、話を聞いた時には呆《あき》れてしまった。

「部を支配するっていうより、内申書によく書かれたいというのが狙いみたい。新しく弓道部を起ち上げたその功労者ってことであれば、ポイント高くなるからね」

「よけいムカつく。弓道部を起ち上げるのは、あいつの内申書のためじゃない」

「だよね。やっぱり断ろうか？　部長はもう決まっているって」

私が言うと、賢人が聞き返す。

「部長って誰？」

「そりゃ、賢人でしょ。言い出しっぺだし、この中ではいちばん上手いし」

私はそれが当然だ、と思っていた。

「えーっ、嫌だよ、俺。まだ一年だし、最初は楓か善美がやれよ」

「無理無理無理無理。私、委員長とか部長とか、そういうの苦手だから」

私は首と手をぷるぷると振って、全身で嫌だ、という意思表示をした。小学校の頃から、人前で何かするのは苦手だ。目立つのも嫌いだ。だから、長のつくようなことは極力避けてきたのだ。

「だったら、善美は？」

「私には向いてない」

善美は冷静に言った。私の全身での抗議より、善美のひと言の方が説得力がある。

善美の性格を知っているので、みんなそれ以上は勧めない。

「部長になったら、部の予算を交渉したりしなきゃいけないんだろ？　一年の俺じゃ、軽くみられる。やっぱり二年の楓がやるべきだよ」

賢人は強く言い張る。

「私には無理だって」

「だったら、薄井が部長でもいいの？」

「それは嫌だけど……」

「だったら、楓がやるしかないじゃん」

「私、部長らしいこと何もできないよ。予算取ってきたりとか、経験ないもん」

「だったら、薄井に副部長をやらせて、実務的なことはやってもらえばいいじゃん。そういう作業は得意なんだろ？」

賢人がいいことを思いついた、というように明るい顔で言う。カズも重ねて言う。

「それはいい。得意なことは生かして、使ってやればいい。楓も助かるし」

「だけど……」

私は形勢不利だ。どうやって反論したらいいのか、思いつかない。さらに賢人が畳み掛ける。

「どんなやつかわからない野郎に部長をまかせられると思う？」

「それは……」

「俺は嫌だよ。副部長がぎりぎりの妥協点。もし、そいつが部長になるくらいなら、俺の方が部をやめる」

賢人がそう言い切ったので、私は部長を引き受けざるをえなかった。

「わかったよ、じゃあ私がやる。だけど、私ひとりで薄井くんの相手をするのは無理だよ。意見が対立した時には、ちゃんとフォローしてくれる？」

「だったら、善美も何か係をやればいいんじゃない？」

カズが言う。

「係って？」

「たとえば会計とか。それなら、何かの時は三人で話し合えばいいし、多数決になっても、こっちが有利だ」

「それで善美は大丈夫？」

二年生は何か役割を引き受けるというならあきらめるが、そうでないなら、納得できない。そんな私の気持ちを察したように、善美はボソッと言う。

「会計ならいい。計算は得意だ」

カズはほっとした顔をする。

「じゃあ、それで決まりだね。楓は部長、薄井が副部長、善美が会計」

「だけど……」

私はまだ抵抗がある。やらなくてすむなら部長なんてやりたくない。

「薄井くんはそれで納得するかな？」

「納得できないなら、べつに入部してくれなくてもいいよ。最初は名前だけ借りるつもりだったんだし。ダメならほかをあたるまでさ」

賢人が吐き捨てるように言う。

結局、賢人が仕切ってるじゃん。

賢人が部長をやった方がずっといいのに。私が部長なんて、ほんと、柄じゃない。

話し合いはそれで終わったが、その日は家に帰ってもずっと気に掛かっていた。そのために食欲がなくて、好物のチキンソテーを残してしまった。それで母に心配されたほどだ。

私は部長なんて柄じゃない。ほんとうに気が重い。私はお気楽に部活をやりたかっただけなのに。

ベッドに入っても、私は悶々《もんもん》としていた。

こんなことになるなんて、思ってもみなかった。部長をやるくらいなら、帰宅部のままの方がよかったかもしれない。

だけど、いまさらやめるなんて言えないし。賢人や善美とは弓道会でも繋がっているから、ここでやめたら弓道会にまで行きづらくなる。

『大丈夫だよ、きっとうまくいく』

そう言って弓道部設立を応援してくれた乙矢くん。部長になりたくないからやめた、なんて言ったらきっと軽蔑されるだろう。それだけは嫌だ。

だったら、私が部長をやるしかないのかな。

うまくできるのかな。

賢人や薄井くんを、私がちゃんと率いていけるのかな。

いや、薄井くん自身は部長になりたい、と言っていたのだ。副部長は条件が違う。だったら、入部しないと言うかもしれない。

うん、そうだ。きっと断るに違いない。そうしたら、私が部長になる話も白紙に戻るし、むしろ断ってほしい。

そう思ったら、少し安心した。私はようやく眠りについた。

しかし、私の期待はすぐに裏切られた。

「わかった。それが落としどころかもしれないね。僕も、簡単に部長になれるとは思っていなかったから」

翌日の朝、私と善美が薄井くんに告げると、落ち着き払ってそう答えたのだ。

「はあ？」

「きみたちを試したんだ。どれくらい本気で僕に入部してもらいたいのか」

「試すって、そんな」

それもひどいと思う。こっちは真剣に検討したのに。

「だって、そうだろう？　五分前まで名前も知らなかった相手を勧誘するって、ちょっと信じられないじゃない」

そう言われると、反論できない。ノリで薄井くんを勧誘したのは間違いないのだから。

「それで、部長は誰？」

「部長は、一応私。それに、会計が善美」

「真田さんが会計」

薄井くんはまぶしいものを見るような目で善美を見た。

それで私はぴんときた。

薄井くんは善美に好意を持っているんだ。入部することにしたのは、それが理由なのか。

「三人同じクラスというのは何かと便利だね。打ち合わせもすぐできるし」

「はあ」

「ともあれ、弓道部設立のために頑張ろう」

薄井くんはそう言って、初めて笑顔を見せた。その顔は晴れやかで優しげだ。

こんな風に感じのいい顔もできるんだな、と、私は思う。

こうなったら仕方ない。部長を私がやるしかないけれど、ちゃんとやっていけるかな。

窓の外を平和そうに鳩《はと》が羽ばたいて行った。しかし、私のこころのうちには重苦しい雲が垂れ込めていた。

4

「薄井道隆です。よろしくお願いします」

翌日五人で集まると、改めて薄井は挨拶をした。

「よろしく。俺は一年二組の高坂賢人」

「俺は五組の大貫一樹。カズと呼ばれています」

「私は二年四組の」

「矢口さんと真田さんは同じクラスだから、知ってるよ」

挨拶しかけた私を遮って、薄井くんは言う。

「僕の条件を考慮してくれてありがとう。薄井が副部長でよかった、と思われるように、僕もできるだけのことをするつもりです。ご協力お願いします」

そう言って、薄井くんはぺこりと頭を下げた。

ここは拍手をするところかな、と思ったが、ほかのみんながやらないので、私もやらなかった。賢人とカズは薄井くんを警戒し、どう出るかを観察しているようだ。なんとなく場が緊張している。しかし、薄井くんはそれを意に介さないように淡々と続ける。

「それで、さっそくだけど、どうすれば部を復活できるか、いろいろ調べてみたんだ」

「五人いれば大丈夫なんじゃないの？」

カズが首を傾げて尋ねる。

「それは最低条件。まずは同好会として登録して活動する。一年後、ちゃんと活動の実績があると生徒会に認められたら、正式に部に昇格になる」

「えー、じゃあ、一年経たなきゃ試合には出られないってこと？」

「いや、それは大丈夫。だけど、試合に出ようと思うなら、顧問の先生をみつけなきゃいけない。たいていの試合は、顧問の先生を通じて申し込みをすることになっているから」

薄井くんは事務処理能力が高い、と自分で言うだけのことはある。急に決まったことなのに、ちゃんと調べてきている。私は内心舌を巻いた。

「顧問の先生かー。誰かいるかな」

「俺ら、まだ先生のこと、全然知らないからな」

カズと賢人が言う。一年生だから当然だが、私も習ったことのある先生以外のことは何も知らない。

「顧問の先生って、弓道経験がないといけないの？」

薄井くんに尋ねた。いままで部員を集めることだけを考えていたが、部として活動をどうするかは、全く考えていなかったのだ。顧問なんて、考えの外だった。

「そういうことでもないらしい。試合の同行とか事務手続きだけしてもらうなら、弓道経験は関係ない」

「えー、だったら、どうやって私たち練習すればいいの？　顧問の先生に指導してもらうんじゃなきゃ、誰に教わればいいの？」

私は思わず口走った。賢人も言う。

「だよねー。自主練だけで上達するって、俺ら無理じゃね？」

賢人も私も弓道部を復活させることだけしか考えておらず、その後の運営についてはまったく考えていなかったのだ。

「顧問の先生が弓道できないんであれば、指導者は別にみつけるしかないね。まあ、専門の指導者がいないようなふつうの学校だと、先輩が後輩に教えるというのが一般的らしいけど、きみたちは、そういうことできる？」

薄井くんに聞かれて、私と賢人は顔を見合わせた。

「賢人は弐段だから、少しは教えられると思うけど……」

「とんでもない。俺はしばらく休んでいたし、そもそも弐段なんて人に教えられるほどのレベルじゃないよ。最低でも参段くらいの力がないと」

実際のところ賢人より、初段の善美の方が上手かもしれない。このところ善美は調子がいい。五割くらいの確率で中てているんじゃないだろうか。賢人はその半分くらいだ。

しかし、善美はいつものように我関せず、という顔で座っている。

「指導者については後から考えよう。指導者は学校関係者じゃなくてもいいので、誰かきみたちの知り合いに頼んでもいいし。それより、まずは顧問の教師だ」

「うーん、誰かいるかな。たいていの先生は既にどこかのクラブの顧問を担当しているよね」

「うん、僕、顧問を持っていない先生を調べてみた」

薄井くんは持っていたノートを開いてみんなに見せた。数人の教師の名前が載っている。何人かの名前の上には×印がついている。

「このうち×がついているのは、学年主任とか受験指導の責任者をしている先生。忙しいから部活の指導は免除になっている。彼らは無理だと思う」

「だとすると……×のついていない先生はたったふたりなのね」

山崎奈々美《やまざきななみ》
田野倉誠《たのくらまこと》

「どっちも知らないや」

カズが呟く。

「えっと、山崎先生は家庭科の先生。去年新卒で来た先生だよね」

家庭科は二年でしか履修しない。なので、私は会っているが、カズたちは知らないだろう。

「そう。ほんとは去年に引き続いて料理部の担当をするはずだったんだけど、今年は入部希望者がいなくて、部自体が無くなったそうだ」

薄井くんは実によく調べている。私自身は料理部の存在すら知らなかった。

「じゃあ、受けてもらえそうだよね」

「わからない。もう既に別の部活の顧問に決まっているかもしれないし」

「こっちの田野倉先生は？」

今度は賢人が尋ねた。

「この人はちょっと難しいかな。昨年の後半は病気休暇を取っていて、春から復帰したばかりなんだ」

「病気休暇って、何の？」

「はっきりはわからないけど、どうやら鬱病《うつびょう》らしい。復帰はしたけどまだ療養中ってことで、部活の顧問は免除されてるっていう噂だ」

「じゃあ、俺らが頼んでも無理かな」

「だけど、この先生、弓道経験者で、前にいた高校では弓道部の顧問もしていたらしいよ」

「弓道経験者か」

「顧問もやっていた」

カズと賢人は同時に言った。

「このどっちかに頼んでみて、どっちかが受けてくれるといいんだけどね」

「だったら、田野倉先生かな。経験ある方がいいし」

賢人が言う。しかし、私は反対だ。

「だけど、病気で復帰したばかりなんでしょ？　顧問は負担になるんじゃないかな」

「と言っても、学校に出てきているんだから、ある程度はできるってことだろ？　うちら同好会だし、最低限試合の申し込みさえしてくれればそれでいいんじゃない？」

カズに続いて、賢人も同意する。

「やっぱり経験者の方がいいよ。まったく弓道知らなくて、頓珍漢な指示をされても困る」

「だけど、また病気がぶり返して、しばらく休むことになったらどうなるの？」

私はなおも抵抗する。田野倉先生は顔くらいは知っているが、とっつきにくい感じのする先生だ。山崎先生の方が若くて、考えも柔軟な気がする。

「その時はその時さ。試合の手続きくらいは誰か別の先生がやってくれるだろうし。とにかく顧問を引き受けてもらわないと」

「うーん、大丈夫かな。……薄井くんはどう思う？」

私は薄井くんに話を振る。

「僕も田野倉先生でいいと思う。顧問経験があるということは、高校弓道部がどんなものか知っているってことだから、僕らみたいに弓道部経験のない集まりには頼りになると思う」

「善美は？」

「田野倉先生でいい」

賢人に聞かれて、それまで発言してこなかった善美が、簡潔に答える。

「じゃあ、多数決で田野倉先生だな。いいよね、楓」

「うん、まあ、みんながよければ」

まだ少し不安があったが、みんなの言うのももっともなので、それ以上主張はしなかった。部長になったからといって、意見が通るわけでもないし、上に扱われることもない。それはそれでほっとする。

「じゃあ、さっそく田野倉先生のところに交渉に行こう」

薄井くんの言葉に、賢人が反対する。

「それ、みんなで行かなくてもいいんじゃない？　押し掛けるとプレッシャー掛けることになるしさ。なあ、カズ」

「え、ああ。それは部長と副部長の仕事じゃないかな」

「副部長は事務処理は得意だって言ってたけど、こうした交渉にも長《た》けているんじゃないの？」

思わせぶりな言い方を聞いて、ふたりは薄井くんを試しているんだ、と気がついた。

自分から部長になると言い出した薄井くんのことを、内心ではあまりよく思っていないのだろう。あとから来て、いろいろと仕切るのも気に入らないのかもしれない。

「そうだね。僕と矢口さんだけで行く方がいいかもしれないね」

薄井くんは何喰わぬ顔で答えた。すると、善美がふいに口を挟んだ。

「私も行く」

えっ、と四人は驚いて善美を見た。

「いいの？」

「田野倉先生のこと、私、知らない。見てみたい」

「ありがとう。真田さんも一緒に行ってくれると心強いよ」

薄井くんは笑みを浮かべているが、私は善美にはあまり期待していない。田野倉先生の説得のために、善美が何か発言するとはとても思えない。

善美ってわからないな。よそよそしいのかと思えば、妙になついてくるし。無関心なのかと思えば、積極的だし。まるで猫みたいに気まぐれだ。

「じゃあ、さっそく行ってみる？」

「えっ、何か準備がいるんじゃないの？　それに、先生まだ学校にいるかしら」

「まだ四時になったばかりだし、いると思うよ。それに、ほかに今日やることある？」

「いや、特には」

カズが答える。今日集まったのは、薄井くんとほかのメンバーとの顔合わせが目的だったのだ。ほかにやることはない。

「顧問が決まらなきゃ、部活も始められない。これが最優先事項だと思う」

「さすが、副部長。よろしくお願いします」

賢人がにやにやしながら言う。お手並み拝見といった口調がちょっと不快だ。しかし、薄井くんは気にした様子もなく「頑張るよ」と答えた。

田野倉先生は地学担当である。地学教師は学校にひとりしかおらず、田野倉先生はいつも理科実験室の隣の地学準備室にいるらしい。

「失礼します」

薄井くんがノックすると「どうぞ」と、中から声がした。ドアを開けて、私たちは部屋に入って行く。

机に向かっていた田野倉先生が振り向いた。四〇代後半くらいで、白衣を着ている。なで肩で猫背、しばらく床屋に行っていないようなぼさぼさの頭で無精髭《ぶしょうひげ》を生やしている。目や耳は髪の毛で半分隠れていた。

「えっと、おまえは薄井だっけ？　そちらのふたりは初顔だな」

「はい。二年四組の薄井です。こちらは同じクラスの矢口さんと真田さん」

紹介されたので、私はうなずく程度に頭を下げてお辞儀をした。善美は黙ったまま田野倉先生を見ている。

「それで、何か用か？」

薄井くんが私を見た。部長から言え、というつもりだろう。急に振られたので、言うことを考えていなかった。どぎまぎしながら発言する。

「あの、先生にちょっとお願いがあって来たんです」

「お願い？」

田野倉先生が私の方を向いた。視線がぶつかって、私は緊張してしまった。

「実は私たち、ほかに一年生の子ふたりも一緒なんですけど、それで全部で五人集まったんです。それで、あの」

私の説明をまどろっこしいと思ったのか、横から薄井くんが口を挟んだ。

「単刀直入に言います。僕ら、弓道部を復活させたいんですけど、田野倉先生に顧問をやっていただきたいんです」

「俺が弓道部の顧問？」

田野倉先生は目を丸くした。予想以上に驚いている。

「本気で言ってるのか？」

「はい、本気です。先生にぜひお願いしたいんです」

「というより、弓道部を復活って、可能なのか？」

「どういうことですか？　参加したい生徒が五人いて、顧問がみつかれば可能だと思いますけど」

「それは誰かに確認したの？」

「はい、副校長の松嶋《まつしま》先生に聞きました」

いつの間に？　私は思わず薄井くんを見た。薄井くんは弓道部復活のためにいろいろ調べるだけでなく、自分から動いてもいる。既に副校長とも話をしているんだ。なんのかんの言っても、すごいやる気だ。私なんか、部長なのに何も調べていなかった。

「松嶋先生か。そうか、副校長が言うなら問題ないのか」

田野倉先生は自分だけに言い聞かせるように、ぶつぶつと呟いている。

「何か気になることでもあるんですか？」

「いや、まあ、ムサニの弓道部は廃部って聞いていたからな。復活させるのは可能なのかな、と思ったんだ」

「廃部？　ほんとうですか？」

思わず私は聞き返した。廃部という言葉は禍々《まがまが》しい。部員が少なくなって自然消滅というのではなく、何かの原因で部自体を消滅させられた、というように聞こえる。

「俺の勘違いかもしれないし、副校長がいいと言うなら、問題ないだろう」

あまり釈然としない説明だったが、本人も詳しいことは知らないようだし、それ以上のことは聞いても無駄のようだ。

「で、弓道部を復活させるには顧問が必要で、俺のところに来た、ということか」

「はい」

「ほんとに俺でいいのか？　もっとやる気のある先生の方がいいんじゃないか？」

田野倉先生は気乗りしないというように、頭を振った。

「と言っても、ほかの先生はみんな何かしら部活の顧問をされていますし」

「そりゃ、そうだろうな」

「復活といっても、規則で一年間は同好会扱いですし、そんなに先生にお手数をお掛けすることはないと思います。試合の時の申し込みと付き添いくらいで」

「試合かぁ」

「それにしても、そんなに回数はありません。活動日も月水金だけですし、朝練もありません。朝や土曜日も練習しているクラブに比べると全然楽だと思います。それに、先生は以前の学校でも弓道部の顧問をされていたそうですから、慣れていらっしゃるんじゃないですか」

薄井くんの言葉を聞いて、田野倉先生は目を見張った。

「よくそんなこと、知ってるな」

「調べましたので。どっちにしろ、何か顧問を持たなきゃいけないなら、弓道部はいいと思うんですが」

「そうかもしれないけど……。まあ、ちょっと考えさせてくれ」

田野倉先生は腕組みをしている。簡単には引き受けられないようだ。

「わかりました。じゃあ、明日また来ます」

「明日？　せめて週明けまで時間くれない？」

「……わかりました。では、また週明けに返事を伺いに来ます」

それが引き時と思ったのか、薄井くんはお辞儀をして立ち去ろうとする。後ろにいた私と善美も、慌ててお辞儀して、それに続いた。

結局、私自身はまったく交渉の役に立たなかったな。

「薄井くん、ありがとう」

廊下に出ると、私は薄井くんにお礼を言った。

「なんのこと？」

「あの、先生との交渉、私、うまくできなくて」

「ああ、そのことね。まあ、僕は慣れているからね。こういう時はいつでも頼ってくれてかまわないよ」

薄井くんはこともなげに言う。その言い方がなんとなく気に障《さわ》る。どうせきみは僕みたいにはできない、と言われているように思える。

たぶん私のひがみなんだろうけど。

あんまり気にしない方がいい。そう思って、話題を変えた。

「田野倉先生、引き受けてくれるかな？」

「七割くらいは大丈夫だと思うけどね。どうせ何かの顧問をするなら、経験のある弓道部が勝手もわかっているし、活動日が週三回ならゆるい方だし。勝算はあると思うよ」

「だといいね」

「うん」

三人で廊下を歩いていると、前からカズと賢人が走って来るのが見えた。

「いた、いた」

ふたりは目の前で立ち止まった。

「いいところに来た。あのね」

私が田野倉先生の話をしようとするのを遮って、賢人が言った。

「俺ら、すごいことを聞いたんだ。部室が残っているらしい」

ずっと走って来たようで、ふたりの呼吸は弾んでいる。

「部室?」

「弓道部の部室だよ」

「それ、誰から聞いたの?」

思わず声が大きくなる。ずいぶん前に部は消滅しているはずだけど、それがいまだに残っているとは。

「同じクラスの野球部のやつ。部室が並んでいるところのいちばん端に、弓道部と書かれた部室があるんだって」

「えーっ、じゃあ、もしかしたら、そこは、誰も使ってないらしい」

「弓道部を復活させたら、そこを使わせてもらえるのかな?」

「たぶんね。そんなに広くはないと思うけど、弓を置いたりできるから、あれば助かるし」

カズも嬉しそうだ。

部室があるのはありがたい。それがあれば、教室以外にも学校に居場所ができる。

自分と仲間たちだけのスペースになる。

何より、部活をやっている、という感じがする。

胸がどきどきしてきた。クラブ活動って、そうでなくっちゃ。

「そこ、行ってみない？」

わざわざ言うまでもなく、みんなもその気のようだった。部室のある方へと足が自然に向かっている。廊下の角を曲がって遠くに部室の棟が見えると、賢人が走り出した。みんなもそれに続いた。

部室棟は校舎とはグラウンドを隔てた反対側にある、二階建ての飾り気のないコンクリートの建物だ。ワンフロアに五つほどの部室が並んでいる。一階はグラウンドから直接出入りできるようになっていて、それぞれの部室にはクラブ名の書かれた札が掛かっているが、問題の部室には何も掛かっていなかった。だが、かなり古いものらしく、注意しないと読めないほど薄れてはいるものの、扉に『弓道部』と大きくペンキで書かれた文字が、確かに見える。扉の下には枯葉や埃《ほこり》が溜まり、天井のところには蜘蛛《くも》の巣が張っている。誰も使わない、開かずの間という雰囲気が漂っていた。

「ほんとに、部室があるんだ」

「なんか、カンドーだね」

いちばん先にたどり着いた賢人が扉を開けようとしていた。

「ダメだ。中には入れない」

入口は南京錠で施錠されていた。

「中がのぞけないかな」

賢人が部室の裏手にまわりこんだ。だが、すぐにこちらに戻って来た。

「裏手に窓があるんだけど、窓際に荷物か何かが置いてあって、何も見えなかった」

「ここの鍵、誰が管理しているのかな」

「体育の先生かな」

「それより用務主事の人じゃない？」

興奮してあれこれしゃべっていると、薄井くんが言う。

「どっちにしろ、僕たちがここの鍵を欲しいと言っても、許可は出ないと思う。弓道部の申請が通って、顧問の先生から頼んでもらわないと無理だよ」

「じゃあ、やっぱり顧問を決めることが先か。それで、田野倉先生はどうだった？」

賢人が思い出したように尋ねた。

「好感触。だけど、すぐには決められないって。月曜日にまた行って、返事を聞いておく」

「そっかー。じゃあ、それまでやることないんだな」

賢人が言うと、カズも同意する。

「だったら、今日はもう解散すっか」

「いや、これからの練習計画とか、検討することはいろいろあるんじゃない？」

薄井くんが言うが、賢人は意に介さない。

「そういうことも、顧問の先生次第でいろいろ変わると思うから、決まってから考えればいいよ。ちゃんとするまで、俺は地元の弓道会で練習しとくわ」

「きみはそれでいいかもしれないけど、僕はほかで練習できないし」

「そんな、焦ったってしょうがないよ。部活始まったら、ちゃんと考えよう」

「だよね。一日二日早くても、変わるわけないし」

そう言って、賢人とカズは連れ立って帰って行った。薄井くんは当惑したようにその姿をみつめる。副部長といっても、賢人たちはやっぱり信用していないし、あまり協力する気もないようだ。薄井くんがちょっと気の毒になった。

「そういえば薄井くん、まったくの初心者だっけ」

「うん。前に地元の体育館で、弓道の一日講習会を受けたことがあるけど、それくらい」

「そっかー。じゃあ、道具も持っていないんだね」

「必要だったら、購入するよ。最初に何を揃えればいいの？」

「そうだね。いくつか買った方がいいものはあるけど、まずは練習場所とかちゃんと決めてからの方がいいよ。問題は弓をどうするかだね」

「弓も最初に買った方がいいの？」

「いや、最初は弓を引く力が定まらないし、引いているうちに強くなるから、ほんとうは一年くらいしてから買った方がいいんだけど」

これは、地元の弓道会の先輩から聞いた話だ。私自身、つい最近まで弓道会の備品の弓を使わせてもらっていた。

「だけど一年後だったら、僕らもう部活を卒業する頃だよね。部活は三年の夏頃までだから」

「あ、そうか。じゃあ、最初から揃えた方がいいのかな。ふつう、高校の弓道部の子たちは、最初から買うのかな」

私自身も弓道を始めて一年ほど。人にアドバイスできるほどの知識はまだない。

「そういうことひとつとっても、先輩がいない部活だと、自分たちで考えなきゃいけないいんだね」

薄井くんは溜め息を吐く。「練習拠点も、これから探さなきゃいけないし」

「学校の近くの体育館に弓道場があったよね。そこで練習することになるんじゃないの？」

そこまでは歩いても通える距離だ。学校と同じ市だから、もしかしたら何か融通してもらえるかもしれない。

「うん。もちろんそこでも練習できるけど、使用料が掛かるんだ。一回二時間につき二一〇円。週三回行くとなると、それなりに掛かるよ。みんな出すって言うかな」

「うーん、まあ、出せない額じゃないよね」

祖母に頼めば、きっと出してくれるだろう。父方の祖母は、私が弓道をやることを応援してくれているから。

「我々がよくても、これから入るメンバーがどうかわからないし、お金のことで入部をあきらめるというのもよくないと思うんだ。これから先も部を続けていくとすると、その辺のことをちゃんとしないといけないと思う」

なるほど、薄井くんはいろいろ考えているんだ。自分たちのことだけじゃなく、将来的にも弓道部を学校に根付かせるにはどうしたらいいかって。

私はちょっと恥ずかしくなった。部長なのに、そういうことはちっとも考えていなかった。

「あ、だとしたら、昔の弓道部はどうやって練習していたんだろう？　かなり強かったって話だよね」

「それがわかるといいんだけど。でも、弓道場がないのに強豪校って、ちょっとイメージ湧かないよ。ほんとに強かったのかな」

「昔強かったのは事実」

突然、善美が言う。思わず私は尋ねた。

「どうして？　善美はなぜ知ってるの？」

「二〇〇七年の秋の大会で、団体で東京都三位に入賞している。個人でも二位になる選手がいた」

善美がさらりと答えるのを聞いて、私と薄井くんは驚いた。

「それ、ほんと？」

薄井くんが尋ねると、善美は平然と答える。

「玄関の飾り棚に、賞状があった。個人戦で二位になった選手の名前は円城寺実《えんじようじみのる》」

「えっと、あの、来客用の出入口の前に置いてある、あれ？」

確かにそこには過去の部活の栄光の記録が飾られている。そのほとんどが一〇年以上前のもので、トロフィーのリボンは色褪《いろあ》せ、賞状は黄ばんでいる。過去の栄光だから、注目する者はほとんどいない。

「善美、よく気づいたね。それに、選手の名前まで覚えているんだ」

誰でも見られる場所にあるのに、私の目には入らなかった。善美は意外と観察力がある。それに、記憶力もすごい。

「都大会二位って、けっこうすごいじゃん」

情報通の薄井くんでも知らなかったようだ。誰でも見られる場所にある情報を見落としているとは、灯台下暗しだ。

「じゃあ、ほんとに強豪校だったんだ。当時はどうやって練習していたんだろうね。弓道場がなくても強くなれるんなら、そのやり方を知りたいね。部室の中に、練習方法を書いたものとか、あればいいんだけど」

「そうだね。でも、弓道部で弓道場がない学校はほかにもあるから、僕も調べられる範囲で調べてみる」

そうして、薄井くんと別れた。善美はふたりの話を聞いているのかいないのか、ぼんやり遠くを見ていた。

5

そして、週明け月曜日のお昼休み、私たち五人は揃って地学準備室に出掛けた。放課後まで返事を待っていられなかったし、もし、断られたら全員で頼み込むという戦略を私は考えていたのだ。それで賢人とカズを説得して、連れて行くことにした。

だが、田野倉先生は「顧問を引き受けるよ」と、あっさり言った。

「ありがとうございます！」

薄井くんが率先して頭を下げると、ほかの四人も真似をした。

「いや、礼なら副校長に言ってくれ。ちょうど金曜日、松嶋先生に『サッカー部の顧問をやってくれないか』と頼まれてね。断る口実として『僕は弓道部の顧問をやるつもりです』と咄嗟《とっさ》に返事したんだ。サッカー部は朝や土日も練習しているし、練習試合もしょっちゅうやっている。そのたびごとにこっちの休みをつぶされるのはかなわん」

そんなことを正直に言うなんて、と内心驚いた。教師にしてはざっくばらんな人だ。

「弓道部も試合はありますが」

賢人が口を尖《とが》らせて言う。

「まあ、それでも回数は大したことないしな。練習も週三回って言ってたろ？」

「ええ、まあ。自主練は別ですが」

「自主練？」

「僕と矢口さん、真田さんは地元の弓道会に入っているんです。そっちでも練習を続けようと思っています」

「ああ、それは結構。弓道会なら指導者もちゃんといるだろうし、俺が見るよりずっといい。部と関係ないところでなら、いくらやってくれてもかまわない。ところで、きみたち三人は経験者ってこと？」

「はい、僕は弐段で、矢口さんたちは初段を持っています」

「そうか、それは助かる。じゃあ、薄井と大貫は未経験なのか」

「いえ、地元の体育館で初心者講習は受けました」

カズが胸を張る。こちらは五回のコースだったそうだ。

「まあ、それじゃ、経験したうちに入らないな。俺が引き受けるにあたっては、条件がふたつある。ひとつは、俺は何も教えない。弓道経験があるっていったって、はるか昔の高校時代にちょっとかじっただけだしな。段持ちが三人もいるなら、自分たちでなんとかできるだろ」

誰かがえーっ、と抗議の声を出した。

それじゃ、話が違う。だったら、田野倉先生じゃなくてもよかった。弓道のことを教えてくれると思ったから、田野倉先生がいいと思ったのに。

「それともうひとつ。こっちの方が大事なことだが」

田野倉先生はもったいぶって五人を順番にみつめた。

「俺が立ち会わない時には、矢を使った練習はしないこと」

なんだ、そんなことか。確かに、矢を使った練習の時は、誰か立ち会ってくれた方が安心安全だ。これは無理な要求ではない。

「巻藁もダメってことですか?」

賢人は不満そうだ。

「もちろん。弓道の事故はどういう時に起こるかわからない。巻藁での事故も案外多いんだ。巻藁じゃなく周りの壁にぶつけて矢が跳ね返ったとかね。弓道は、ほんのちょっとの油断が事故に繋がりかねない。ましてきみらには先輩もいない。だから当分の間、俺か、俺に代わる指導者がいない時には絶対に矢には触るな」

「わかりました」

薄井くんが神妙な顔でうなずく。だけど、それまで『勝手にやれ』と言ってた田野倉先生が、急に教師っぽいことを言い出したのは、なんか変な気がする。

「万一何か起こったら俺のせいになる。くれぐれも事故は起こさないようにしてくれ」

なるほど、事故の責任は取りたくない、ということか。まあ、わからないじゃないけど。

「さっそく今日から練習、といきたいところだが、職員会議で話して、承認をもらわないとな。最初は同好会だし、昔あった部活を復活するんだから、問題はないと思うが」

「ところで、弓道部の部室が残っているみたいなんですけど、それは使えるんでしょうか？」

薄井くんが尋ねる。

「えっ、そんなものがまだあるのか？」

「はい、部室のいちばん端にあるのをみつけました。開かずの間になっていました」

「そうなんだ。じゃあ、承認の申請のついでに部室の件も頼んでみるわ」

「ありがとうございます！」

私たちは頭を下げた。

「何年も使ってなかったものだから、きっと中は埃だらけだぞ。まずは掃除が必要だろう」

「じゃあ、今日はさっそく掃除をやることにします。鍵はどこにありますか？」

薄井くんが勇んで尋ねる。田野倉先生は苦笑する。

「待て、待て。そう焦るな。まずは弓道部復活の許可をもらってからだ」

「あ、そうでした」

照れくさそうに薄井くんは頭を掻いた。いつも冷静な薄井くんも、部室が手に入ることで舞い上がっている。

田野倉先生は机の引き出しから紙を一枚取り出し、薄井くんに渡した。

「部発足のための申請書をもらってきたから、これに必要事項を記入してくれ」

「ありがとうございます。でも、これ、矢口さんの仕事だよね」

「えっ、あ、そうか」

私は薄井くんから申請書を受け取る。

「どういうことだ？」

田野倉先生が怪訝《けげん》そうな顔をしているので、薄井くんが言う。

「部長は矢口さんなんです。僕は副部長」

「へ、そうなのか。ああ、矢口は段持ちか。まあ、そういう人間の方がいいだろうな」

やっぱり、田野倉先生は薄井くんの方が部長に適任だと思っていたのだろう。

自分は部長の柄じゃないもんな。

私はそっと溜め息を吐く。

なりたくて部長になったわけじゃないのに、部長らしくないと思われるのも嫌だな。

「じゃあ、矢口、これに記入したら、生徒会執行部に許可をもらってくれ」

「えっ、私が？」

「そう。まずは生徒会の許可を受けてから、それを職員会議で承認する。そういう手続きになっている」

「じゃあ、生徒会の許可を取るのも私？」

「もちろん。ほかに誰がいる？」

私よりも薄井くんの方がいいのに、と思う。生徒会の許可なんて、どうやって取り付ければいいんだろう？　そもそも生徒会長って誰だっけ？

「毎週火曜の放課後、執行部のメンバーが生徒会室に集まっているから、そこに届けるといい」

「火曜って、明日ですね」

薄井が言う。

「えっ、明日？」

声が大きくなる。明日では早すぎる。もうちょっとところの準備の時間が欲しい。

「明日を逃すと来週になってしまうが、それでもいいのか？　職員会議に掛けるのはその後だから、その分、遅くなるぞ」

田野倉先生の言葉を受けて、賢人が言う。

「頼みますよ、部長」

「じゃあ、薄井くんも一緒に行ってくれる？」

「ごめん、明日は僕、塾があるんだ。クラス分けのテストがある日だから、休めない」

頼りの薄井くんが、肝心な時に役に立たないとは。私が困惑しているのを見て、賢人がアドバイスする。

「善美にも一緒に行ってもらえば」

「善美？　賢人じゃなくて？」

「だって、善美は会計だし。それに、俺も明日はちょっと予定がある」

「そうなんだ」

賢人がダメなら善美でもいい。交渉事にはあまり役に立ちそうにないが、ひとりで行くよりはマシだ。

「善美、明日一緒に来てくれる？」

「わかった」

善美の返答はいつも通り簡潔だ。

「じゃあ、先輩方、頼みます」

自分には関係ないので、カズはにこにこしている。

「じゃあ、生徒会の許可が下りたら、申請書を俺のところに持って来てくれ。職員会議でも承認を取る。まあ、生徒会で許可されたものなら、職員会議の方は形式だけだから、心配ない」

「つまり生徒会をうまく説得すればいいってことですね」

「部長次第ってことですね。頑張ってください」

薄井くんとカズはまるで私にプレッシャーを掛けているようだ。

「大丈夫かな」

「大丈夫だよ。本気で弓道部を作りたいという想いを伝えれば。生徒会が生徒のやりたいことを邪魔するはずはない」

薄井くんは軽く言うが、その伝え方が難しいんじゃないか。私は内心困惑しているが、この問題はもう終わった、とばかりに薄井くんが話題を変える。

「ところで、先生、質問があるんですが」

「なんだ？」

「あの、うちの弓道部は昔強かったらしいんですが、いつ頃の話でしょうか？　それから、休部になったのはいつ、どうしてなんでしょうか？　先生ご存じないですか？」

「えーっと、俺がこの学校に赴任してきたのは四年前だから、詳しいことは知らない」

「だけど、先生は前の学校で弓道部の顧問をされていたのでしょう？　ムサニの弓道部の話は何か聞いていませんか？」

「うん、まあ、都立で弓道場がないのに、そこそこ強いっていう噂は聞いていた。一

○年ちょっと前までは試合に出ていて、それなりに活躍していた。なのに、ある時突然大会をドタキャンして、それ以来試合に出なくなった。それで廃部になったらしいという噂が、弓道部の顧問の集まりで流れたんだ。だけど、部室も残っていたんだから、廃部ではなく休部ってことなんだろう」
「それで、休部の原因はなんだったんですか？」

「えっと……なんだったっけ。だいぶ前に聞いたから、それも忘れてしまった。どっちにしろ、いまのおまえらには関係ない話だ。昔のことなんかより、これからの部活をどうするかを考えろ」

「当時の顧問の先生を覚えていませんか？」

「いや、結構上段者だったのは覚えているんだけど、名前は忘れた。……でもまあ、当時でもそれなりのお年だったし、もう定年になっていらっしゃるんじゃないかな」

それだけ言うと、「昼飯を食うから」と言って、田野倉先生は我々を地学準備室から追い出した。

「やっぱり、田野倉先生は知らなかったんだね」

廊下を歩きながら、薄井くんが呟いた。私には知らなかったというより、それ以上聞かれたくなくて田野倉先生がごまかしたように思えた。

私の深読みかもしれないけれど。

「まあ、仕方ない。とにかく顧問を引き受けてくれたんだから、それだけで十分だ」

賢人はあまり気にしていないようだった。「そんなことより、弓道部のグループLINEを作らない？」

それを聞いた薄井くんは「えっ？」と、驚いたような顔をした。

「何か、問題でも？　副部長はスマホ、持ってないとか？」

「いや、大丈夫。ちゃんと持ってるし」

「じゃあ、さっそく登録しよう」

そうしてお互いのアカウントを教えあうと、そのまま各自の教室に戻ることにした。同じ教室に戻る薄井くんと善美と私は、横並びで廊下をゆっくり歩く。

「あの、LINEのこと、大丈夫だった？」

私は薄井くんに尋ねる。

「えっ、なんのこと？」

「なんとなくLINEで繋がるの、嫌なのかな、と思って」

「そんなことないよ。ちょっと驚いただけ。僕、家族以外とグループLINEで繋がったのは、初めてだったから」

「ほんとに？」

私はいくつも繋がりがある。弓道会だけでも、同期のグループ、ジュニアのグループ、木曜日練習するグループと、三つ繋がっている。高校の友だちはもちろん、中学の友人や塾関係の仲間などもあるから片手では足りない。

「あ、個人的に繋がっている友だちはいるよ。だけど、グループLINEっていうのは経験なくって」

薄井くんは恥じるように小声で言った。

「私もそうだけど、悪いことかな？」

あっけらかんと善美が言う。

「いや、そういうわけじゃないけど」

善美の方はわからないわけじゃない。自分から他人と接触するのを避けているような善美は、LINEで誰かと繋がることは好まないだろう。自分は一年ほどつきあっているし、周りからは善美と親しいと思われているが、今日初めてLINEを交換したのだ。

「別に無理に繋がる必要はないけど、たまにはこういうのもいいな、と思って」

薄井くんは大事なものを抱えるように、スマホを両手で包んだ。善美はそれ以上、何も言わなかった。何か言うのも悪い気がして、私も黙っていた。

その晩、申請書を前に、私は考え込んだ。

顧問とか部員名とか活動開始日とか簡単に答えられるものはいいが、問題は『部を起ち上げる理由』という部分だ。申請書のいちばん下の部分、かなり大きなスペースがそれに割かれている。生徒会にも、何か質問されるとしたらその部分だろう。

やりたいから、とか弓道が好きというだけじゃダメだろう。もっともらしい理屈も必要なはずだ。

書くのに行き詰まって、私はリビングに行った。母と弟の大翔《はると》がいた。

「ねえ、弓道部を起ち上げる理由って、どう書いたらいいと思う？」

私がふたりに尋ねると、大翔はからかうような口調で言う。

「おや、楓部長、何かお悩みで？」

大翔は私が弓道部の部長になったと知って以来、私のことを「楓部長」と呼んでからかうのだ。

「うるさい、こういうものはいい加減なことを書いたらいけないの。だから、悩んでいるんだってば」

「素直に書けばいいんじゃないの？　弓道をやりたいという有志が集まったから、って」

私の持って来た申請書を見て、母がアドバイスをくれた。

「でも、それだけじゃ欄が埋まらないし、生徒会や先生方に見せるものだから、ちゃんと書かなきゃいけないと思うんだ」

「そうねえ、先生方の心証をよくするとしたら……自分たちのやる気をアピールするだけじゃなく、弓道のすばらしさとか、学校にとってどういうメリットがあるかを書くといいかもね」

「学校のメリット？」

「こんな風に学校に貢献できる、みたいなこと」

「楓部長率いる弓道部が学校に貢献。さすがです。ご立派！」

大翔がしつこくからんでくるので、イライラする。こっちは真剣なのに。

「もう、大翔はうるさい！　自分の部屋に行ってよ」

「了解、楓部長！」

私が本気で怒っているとわかったのか、大翔は逃げるようにリビングを出て行った。

「もう、大翔はほんとウザい」

「まあまあ、気持ちはわかるけど、いまは大目に見てあげて。あの子、最近クラブチームがおもしろくないみたいなのよ。前にいたところよりレベルが低いんだって。いろいろ練習方法を提案したそうなんだけど、逆にチームから浮いたみたい。それで、ちょっと苛立《いらだ》っているのよ」

「へー、サッカー馬鹿のあの子でも、悩みがあるんだ」

私はちょっと同情した。大翔は運動神経がよく、少年サッカーでもずっとエースだった。学校よりも大事に思っているクラブチームでうまくいかないのは、きっと苦しいだろう。

サッカーは団体でやるスポーツだ。ほかのメンバーに嫌われると、試合中にボールを回してもらえないこともあると大翔は言っていた。

そんな風になっていないといいけど。

「だからまあ、楽しそうに弓道部の話をしているお姉ちゃんがうらやましいんだね」

「楽しそう？　私が？」

柄にもなく部長になって、困惑するばかりなのに。しかし、母は優しい目をして私を見た。

「うん、前より楓はずっと生き生きしているよ。うちでも弓道部の話ばかりしてるじゃない」

「そうかな」

「好きなものがあるって強いことだね。以前の楓なら、『部長になるくらいなら、弓道部なんてやらない』と言って逃げていたと思うよ。それを引き受けたというのは、弓道が好きで、学校の中にも弓道を根付かせたいという強い想いがあるからなんでしょ？　なぜそれほど夢中になれるのか。どうして学校でやりたいのか。それを素直に伝えることができれば、きっと大丈夫だよ」

「そっかー」

母の言葉はすっと腑に落ちた。

生徒会だからと、恐れることはない。私は私の想いを伝えればいいんだ。

弓道が好き。なぜ好きなのか。

ただのスポーツじゃない。礼儀とか自分を律するということを学べるものだからだ。勝ち負けよりも、正しく弓を引くことが重んじられるものだからだ。

みんなと弓道をやりたい。その素晴らしい弓道をみんなと分かち合いたい。下級生にも伝えていきたい。

もともとは強豪校だったのだ。その伝統を復活させたい。

そういうことを書けばいい。

「ありがとう、なんとか書けそうだよ」

私は漠然と浮かんだ考えを形にするために、急いで自分の部屋に戻って行った。


「えっと、生徒会長ってどんな人だっけ」

放課後、生徒会室に向かいながら、私は善美に尋ねていた。生徒会の選挙の時の立ち会い演説は聞いていたけど、内容も、それを話した本人についても、すっかり忘れている。

「生徒会長は滝田翔平《たきたしようへい》。身長が一九〇センチあってバスケが得意。眼鏡は掛けていない。校内テストで五番より落ちたことはない秀才。選挙の公約は『生徒が主役になるための生徒会』。七時には部活その他をやめて生徒は全員下校するという校則を撤廃する、ということだったけど、まだ実現に至っていない」

「そ、そうなんだ。知らなかった」

選挙公約と言ってもしょせん生徒会だ。職員会議で決まったことを簡単に変えられるなんて、こちらも思ってはいない。なので、選挙演説も話半分で聞いていた。

「副会長は水野紗彩《みずのさあや》。こちらは文芸部の部長もしている。応援演説によれば、明るく、誰からも好かれる性格。中肉中背。髪はストレートボブ。眼鏡を掛けている。文化部の立場をもっとよくしたい、というのが選挙公約だった。その成果で、文化部の年間予算が千円上がった」

「はあ」

「会計は」

「会長と副会長以外は、名前だけでいい」

全員の公約まで聞かされていたら、どれくらい時間があっても足りない。

「わかった」

それから、会計、書記、庶務、広報、議長の名前を聞いた。全員を即座にフルネームで言えることに驚いた。善美の記憶力は計り知れない。ちょっと人間離れしている。

「よく覚えているね」

「生徒会は時々会報を出している。それを読んでいる」

読んだだけで、そこまで覚えているのか。圧倒されているうちに、生徒会室に着いた。ドアをノックすると、「どうぞ」という声がした。

「失礼します」

と言って、中に入って行く。そこにいた生徒たちの視線が自分に集中する。会議中なのか、二列に向き合って並べた机に、全員が着席している。狭い部屋は机を並べる以外のスペースはほとんどない。壁際には本棚がふたつ並んでいて、二〇××年度予算などと書かれたファイルがぎっしり並んでいる。

「何か用ですか？」

いちばん端の席にいた男子生徒が微笑みながら聞いた。

一九〇センチの長身、秀才だけどスポーツマン風で眼鏡を掛けていない。

うん、間違いない。これが会長だ。

私は会長の方をまっすぐ見た。みんなが私に注目しているのでちょっと気後れがするが、ちゃんと挨拶の言葉は考えている。

「はじめまして。二年四組の矢口楓といいます。こちらは同じクラスの真田善美。今日はお願いがあって、ここに来ました」

そうして持っていた書類を会長の机の上に置く。

「私たち、この学校に弓道部を復活させたいと思っています。メンバーは五人揃っていますし、部が成立した暁《あかつき》には、田野倉先生に顧問を引き受けていただけることになっています。なので、承認のほど、よろしくお願いします」

ちゃんと言えてほっとした。会長は私が渡した書類を読んでいる。そこにほかのメンバーたちも集まってきた。

「部活のことなら、私の管轄ね」

ストレートボブの眼鏡を掛けた女子生徒が言う。切れ者、という感じがする。おそらく彼女が副会長だろう。

「弓道部復活？　いままで弓道部があったなんて聞いたことないけど」

「はい。弓道部があったのは、もう一〇年以上前のことだそうです。いまでもその名残で部室が残っています」

「ああ、そうだった。部室棟のあの端のがそれか。あそこ、確か、倉庫か何かになってなかったっけ？」

会長が思い出したように言う。副会長の返事はそっけない。

「さあ、よく知らないけど、いまは誰も使っていないね。弓道部の名残だったのか」

「はい。十数年前は結構強かったそうです。都大会で三位になったこともあるそうです。玄関の飾り棚のところに、賞状がありました」

「へえ、翔平、知ってた？」

副会長が会長に聞いた。役職で呼ばず、お互いを呼び捨てにしているらしい。

生徒会の人たちって、仲がいいんだな。

「知らなかった。でも、もとからあった部なら、復活させるのも問題ないだろう。動機もちゃんとしているし」

「だけど、文化部推しの私としたら、運動部が増えるのはおもしろくないな」

副会長がちょっとからかうような口調で言う。私は思わず口を挟む。

「弓道部は運動部ですが、文化部にも限りなく近いと思います。勝敗だけでなく、美しい所作を重んじる。弓を通じて自分をみつめる。それって茶道にも通じるものだと思うんです。運動部だからダメなんて言わないでください」

私がむきになっているのを見て、副会長は微笑んだ。

「冗談よ。あなた、ほんとに弓道が好きなのね」

「はい」

「あなただけじゃなく、ほかのメンバーも同じようにやる気なんだね」

「はい、もちろん。そもそも最初に言い出したのは私ではなく、一年生ですから」

「だったら、問題ないね、会長。動機もしっかりしているし、やる気もあるみたいだし」

副会長が会長を見た。今度は「翔平」ではなく役職で呼んでいる。

「もちろん。生徒の望むことを実現するために働くのが生徒会だ。やりたい人間が五人いて、それが正当な動機なら、反対する謂《いわ》れはない。そういうことで、みんなもいいよね」

最後の言葉は、生徒会室にいるほかの役員に向けられたものだ。

「問題ないっす」

「異議なーし」

役員たちは賛同してくれた。これで弓道部は承認された、ということだ。

「ありがとうございます」

私はほっとして、肩の力が抜けた。

「ただし、最初の一年は同好会として活動し、一年後に生徒総会で活動内容の報告をしてもらう。名前だけで活動実績がなかったり、部の人間関係が悪く、喧嘩《けんか》ばかりしているようであれば、部への昇格は見送られる」

会長が説明を続ける。

「生徒総会っていうのは？」

「月に一度開かれている会議で、ここにいる執行部のほかに各委員会の委員長、それに各クラスのクラス委員が全員参加する」

「わ、大勢なんですね」

「そう、だから生徒総会っていうの」

副会長が苦笑している。こんなことも知らないのか、と思っているようだ。

「きみたちの部はもともとあったものだし、これから一年、ちゃんと活動するなら、特に問題はないと思うよ」

「あ、だけどひとつだけ」

副会長が付け足す。

「なんでしょう？」

「十数年前までは部活があって、結構強かったって言ってたわね。それがなぜ休部になったの？　いつまで弓道部は活動していたの？」

「それは……私たちもわかりません」

「まあ、そうか。昔のことだものね。だけど、ちょっと気になるから、調べておいてくれないかな。すぐにじゃなくてもいいから」

だったら、いつまでに調べればいいんだろう、と思いながら「わかりました」と、私は返事をした。

「じゃあ、承認印を押すから、ちょっと待ってて」

会長は机の中から箱を出し、いくつかある判子《はんこ》の中からひとつを取り出すと、申請書に強く押し付けた。

「じゃあ、弓道同好会、頑張ってください」

会長はそう言って、申請書を返してくれた。

「ありがとうございます」

小さなことだけど、部長としての仕事をやり遂げた。ほっとしたのと、申請が通って嬉しかったこととで、自然と笑みが浮かんできた。

隣にいる善美は結局ひと言もしゃべらなかった。だけど、最初に善美が生徒会長のことを教えてくれたので、助かった。誰が会長かわからなかったら、自信を持って話すことはできなかっただろう。

善美の方を見ると、彼女もこっちを見た。目が合うと、黙ったまま少し目を細めて、口元が緩んでいる。よかったね、と言いたいのだ。私はうん、と大きくうなずいていた。

6

授業が終わるとすぐに善美と一緒に更衣室に駆け込み、ジャージに着替えた。それから走って部室へ行った。かなり急いだつもりだったが、一番乗りではなかった。既に部室の前には人がいた。賢人とカズ、それに田野倉先生と用務主事の雨宮《あまみや》さんだった。雨宮さんは手に鍵を持っている。

生徒会に続き、職員会議でも無事承認されたので、今日から部活が始まる。だが、実際に活動する前に、まずは部室の清掃をしよう、ということになったのだ。

「遅いよー」

「ごめん、ごめん。これでも走って来たんだけど」

「これで全員ですか？」

雨宮さんが尋ねる。

「いえ、薄井くんがまだ。……あ、来た」

薄井くんが、教室の方から悠然と歩いて来るのが見えた。

「副部長、遅いよ」

呼びかけたのはカズだ。薄井くんと呼ぶのが嫌なのか、役職で呼ぶと決めたようだ。カズの声が届いたのか、薄井くんは小走りになった。

「じゃあ、全員揃ったから大丈夫だな。いよいよ開かずの間を開ける時が来た」

田野倉先生がふざけた口調で言う。

「ここ、最近誰か来た？」

善美がふと思いついたように言う。

「いや、そんなことはないと思うよ。鍵はずっと用務主事室にあったし、もし鍵を持ち出すなら自分に言うか、ノートに記載しなきゃいけないけど、それもなかったしね」

雨宮さんが言う。用務主事の雨宮さんは年齢不詳だ。三〇代後半くらいに見えるけど、もっと若いかもしれない。愛想がなくてぶっきらぼうだが、頼んだことはちゃんとやってくれる。頼りになる人だ。

「何か気になることでも？」

善美はなんでもない、と言うように頭を横に振った。

「じゃあ、開けよう」

田野倉先生が鍵穴に鍵を入れて回すと、あっさりと開錠した。

「では、ドアを開きます。ん年ぶりの御開帳」

カズがふざけて言う。

ドアを押すと、キーときしんだ音を立てて開いた。埃とカビの臭いがする。中は思ったより暗い。窓はあるが、その前にいろいろ物が置かれていて、ほとんど光が入ってこないのだ。先頭にいた田野倉先生が何かにつまずいたみたいで「いてっ」と声を出した。

「えっと、電気のスイッチはどこにあるかな？」

「ここに」

雨宮さんがドアの近くのスイッチを押した。棚の陰になっていて、少しわかりにくい場所だった。たちまち明るくなり、部室の状態がはっきりと見えた。中の広さは三畳くらいしかない。そのスペースの大半を、緑のネットのようなものが占めていた。無造作にぐるぐる巻きにされて、積み上げられている。さらに、畳が何枚も壁に向かって立て掛けてあった。

「このネットは何？　畳は何に使うの？」

私は思わず口走った。

「これは防矢ネットだよ」

「何それ？」

田野倉先生が解説する。

「文字通り、矢を防ぐために張るネット。安全確保のために、周囲に張り巡らせて練習するんだ。畳は的を掲げるための台に使ったんだろう。ほら、矢の中った跡がある」

「ああ、なるほど」

「じゃあ、これをどこかに張って、練習してたってことですか？」

カズが田野倉先生に聞く。

「まあ、そういうことだろうな」

「どこに置いていたんだろう。校庭の隅でも使わせてもらっていたのかな？」

賢人が不思議そうに聞く。授業後の校庭は、いろんなクラブでにぎわっている。弓道部が入り込めるスペースなどあるだろうか。

「屋上ですよ」

雨宮さんが説明した。

「かつて弓道部は第二校舎の屋上で練習していました。防矢ネットはずっと屋上に張りっぱなしだったんですよ。部員がいなくなってもここが撤去されなかったのは、ネットや畳の置き場がほかになかったからかもしれませんね」

雨宮さんが言うように、ここはまるで倉庫だ。期待していた部室とはちょっと違う。

「ともかく、これを運び出しましょう。そうじゃないと、部屋が使えませんから」

雨宮さんに言われて、みんなでネットと畳を部室の外に運び出した。太陽の光の下で見ると、畳はカビや埃で汚れているだけでなく、表面に穴がたくさん開いている。

「畳もネットもまだ使えそうだけど、まずは日干しだな。このカビ臭いのをなんとかしないと」

田野倉先生に指示されて、畳を部室の外の壁に立て掛けた。ネットもひとまず部室の前に運び出す。それでやっと部室の全容が見えてきた。

狭い部屋の一面には一二〇センチくらいの高さの棚があり、三〇センチ四方で区切られている。それが六列ほど。ここは部員の荷物置き場に使っていたのだろう。その上には本棚があり、古い弓道本や弓道雑誌がぎっしり並んでいる。それから、何かノートのようなものが何冊もあった。その前に密閉した段ボール箱が三箱ほど置かれている。その奥にも大きな段ボール箱があり、上蓋《うわぶた》が開いていて、中から巻藁がはみ出していた。

反対側には作り付けの弓置き場がある。そこに、七、八張、弓袋に入った弓が置かれているのが見えた。

「わ、弓だ！」

カズがその中からひとつを取り上げた。動かすと溜まっていた埃が舞い上がるが、カズは気にせず、弓袋から弓を出してみた。中にあるのはグラスファイバーの弓だ。末弭《うらはず》、つまり弓のいちばん上の方に古い弦の弦輪《つるわ》が掛かって、その先は弓に巻き付けられていた。

「これ、ずっとここに置きっぱなしだったんだよね。使えるのかな？」

「うーん、どうだろう？　特に傷《いた》んではいないみたいだけど、大丈夫なんじゃない？」

私の疑問に、賢人が答える。

「あ、これ、ちゃんとキロ数が書かれている」

弓には八キロと書かれたシールが貼られている。

「カズと薄井くんは弓を持っていないでしょ？　これが使えるといいね」

「だけど、握革は替えた方がいいなあ。カビが生えているよ」

賢人が顔をしかめながら言う。置きっぱなしになっていたので、あまりよい状態ではない。磨かないと、とても使う気にはならない。

「これに、矢があればいいんだけど」

「こっち」

離れた場所から善美が返事をした。善美は棚の奥にある矢立てを指していた。中には、二〇本以上の矢が差しっぱなしになっている。長さはばらばらで羽根の部分が傷んでいるが、ジュラルミンの矢なので、すぐにも使えそうだ。

「うん、これなら大丈夫。よかったー。弓も矢もあるから、薄井くんたちもすぐにも練習ができるね」

その時、大きなくしゃみがした。善美だった。

「どうしたの？」

「これ、見てたから」

善美が手に持っているのは、本棚にあったノートだった。顔に近づけていたから、埃を吸ってしまったのだろう。

「それ、何？」

「昔の日誌だと思う」

善美は持っていたノートを私に渡した。古びたノートの表には、「二〇〇六年四月

〜二〇〇六年九月」と、ペンで走り書きされている。一〇年以上前の日付だ。パラパラと中をめくってみた。

「四月一日　晴れ　欠席山田《やまだ》（男）　体育館で二時間練習　試合が近いので、皆集中して練習する」

「四月七日　曇り　全員出席　出場メンバーを決めるため、部内で試合を行うことになる。日程は一〇日の一三時から。M市体育館にて」

「四月一八日　晴れ　円城寺と宮野《みやの》、梶《かじ》の三名欠席。インフルエンザの疑いあり。各自うがい、手洗いを徹底すること」

「六月一日　曇り　欠席塩田《しおた》　明日から定期試験一週間前のため、部活は休み。ゴム弓貸し出し希望は川田《かわた》まで」

「六月一九日　晴れ　全員出席　体育館に石突の忘れ物。黒の革。記名なし。心当たりのある者は、金田《かねだ》まで連絡のこと」

そんな風に、日々の活動や連絡事項などが記されていた。

「ほんとにここは弓道部の部室だったんだね」

私は思わず呟いた。顔も知らない先輩たちだが、確かにここにいて、高校生活の時間をここで過ごしていたのだ。

初めて、この倉庫のような部屋に、かつて自分たちと同じような気持ちの若者たちがいたことを実感した。彼らも、いまの自分たちと同じように、弓道が上手くなりたい、そんな気持ちで練習に励んでいたのだ。

その想いはどこで途絶えたのだろう。なぜ休部になってしまったのだろう。

「いちばん新しい日誌はどれ?」

「たぶんこれ」

善美が持っているノートを手渡した。日付は「二〇〇七年一〇月〜」となっている。私は受け取ると、最後のページを開いた。

「三月一四日　雨　部会　来年度の予定について。来年度も部員が二〇名以上いた場合の対処について話し合う。十分な指導ができないから入部を制限すべきという意見と、希望者は全員引き受けるべき、という意見が拮抗。結論は出ず」

「三月一七日　曇り　試合が近いので、二年生のみ体育館で練習。春の都大会も二年連続で三位以内を目指す」

それが最後のページだ。読む限りでは入部希望者も多く、部活の成績もよさそうだ。むしろ全盛期の日誌のように見える。

「これより後のものはないの？」

「ここにあるのは、これが最新」

善美が言うが、最新と言っても二〇〇七年一〇月から翌年の三月までのものだ。

「この続きもあると思うんだけど。これが最後だとは思えないし」

「ここにはない」

「どこか別のところに置いてあるのかな？」

「これ以降は書くのをやめたのかもしれない」

善美が言うのも一理ある。筆跡が同じだから、きっと記入の当番が決まっていたのだろう。引き継いだ人間が不真面目なら、続かないのかもしれない。

「日誌を読めば、休部になった理由もわかるかと思ったんだけど、これじゃわからないね。わかるのは、二〇〇八年三月まではふつうに活動していたってこと」

「そこ、サボっていないで掃除しろよ」

箒《ほうき》を手にした薄井くんが、突然、ドアのところから声を掛けてきた。

「あ、いけない。箒、どこにあった？」

私は持っていた日誌を本棚に戻した。薄井くんの言い方がとげとげしくて、ちょっと癇《かん》に障った。でも、手が止まっていたのは事実なので、何も言えない。

「体育館の準備室。まとめて借りてきたから、それ、使って」

薄井くんは入口のところに置いてある箒を指差した。私はそれを取って、部屋の中を掃き始める。たちまち埃が舞い上がり、部屋中に散乱した。

「わ、すごい埃。マスク持ってくればよかった」

「窓、開けろよ」

薄井くんに言われて私は棚のところに近寄り、窓の鍵を開ける。その時、ふと見慣れないものが目に入った。

「あれ？　これって」

「どうかした？」

薄井くんが近寄って来る。私は窓のすぐ下の壁に刻まれた文字を見せた。

「ほら、これ、なんか書いてある。えっと……『無念』って読むのかなあ。それから日付も書いてある。2008.10.21」

「なんだって？」

田野倉先生も近寄って来た。

「あ、これはいたずらだな。鉛筆で、消えないように何度もなぞったんだな」

その文字は、彫刻刀で刻んだように黒々と書かれている。無念という想いが文字からあふれ出てくるような、禍々しさだ。

「この日、何かあったんでしょうか？」

「さあね。試合に負けたのかもしれないし、先輩に叱《しか》られたのかもしれない。弓道部とは関係ないところで、嫌なことがあったかもしれないぞ。どっちにしても、一〇年以上も前のことじゃ、確かめようもない」

「それはそうですけど」

田野倉先生に言われても、薄井くんはまだ気になるようだ。私も、無念という文字の怨念《おんねん》のこもったような太さが不快だった。よほど強い想いでこれを刻んだに違いない。

「とにかく片付けが先だ。早くしないと下校時間になっちまう」

田野倉先生が言うと、外にいた雨宮さんがみんなに声を掛ける。

「ネット、屋上に持って行きたいんですけど、どなたか手伝ってもらえませんか？」

「あ、俺、行く」

「俺も」

賢人とカズがばたばたと出て行った。残された私たちは、掃除の続きに取り掛かった。そうして、掃除に集中していると、いつの間にか意味深な文字のことは忘れていた。


部室の片づけと、屋上に練習スペースを設置するのに、丸三日掛かった。授業が終わると雨宮さんが屋上で待ち構えていて、部員と一緒に防矢ネットを張ったり、安土代わりの畳を支える台を作ったりした。ネットを立てるためのポールは、幸いにも屋上の隅に据え付けたままになっていた。そうした作業では賢人が大活躍した。手先が器用で木工作業に慣れているらしく、用務主事の雨宮さんにも引けを取らないくらい上手に釘打《くぎう》ちをする。カズは力があり、何かを運んだり、立て掛けたりするような作業を率先して引き受ける。

一方、薄井くんは不器用で、あまり力もない。釘などもまっすぐ打つことができない。呆れた賢人が、「副部長は掃除でもしてれば」と、金づちを取り上げた。私は善美と畳を拭いてカビや汚れを落とし、台座に設置して的を差し込んだ。的紙を貼り替えたので、新品同様に見える。的はひとつ。弓道場とは比べものにはならないが、射をする練習には十分だ。

「練習が終わったら毎回、巻藁や畳は屋内に入れておいて。普段は屋上に出入りする人はいないし、この階段や踊り場も使わないから、隅に寄せておけば邪魔にならない。ネットはそのままで大丈夫だよ」

雨宮さんがてきぱきと指示を出す。雨宮さんは細かいところまで気を利かせてくれるし、とても頼もしい。一方、田野倉先生はまったくあてにならない。初日の最初にちょっと立ち会っただけで、それからずっと姿を見せていない。みんなぶつぶつ言っていたが、地学準備室にもいないのだから、文句を言うこともできなかった。

そして三日目の今日、ネットと畳がなくなってすっきりした部室をさらに掃除した。溜まっていた埃を箒で払い、棚や壁を水拭きした。ようやく居心地のいい状態になった部室でみんながひと息吐いていると、田野倉先生の声が扉の向こうから聞こえてきた。

「おおい、ちょっとここ、開けてくれ」

「先生、今頃なんですか？　掃除はもう終わっていますよ」

薄井くんがそう言いながら扉を開けると同時に、何かがどさっと入口に置かれた。弓袋に入った弓の束だった。

「弓も、一〇張もあると結構重いな」

「先生これは？」

「そこにあった弓だよ。だいぶ使ってなかったみたいだから、弓具店に行ってチェックしてもらった。こっちは矢」

「わ、先生、すみません」

私は思わず言った。田野倉先生は掃除を手伝ってくれないんだな、と思っていたのだ。

「ちょっとは顧問らしいこともやらなきゃいけないからな」

みんなは田野倉先生の周りに集まって弓を見た。先生はそのうちの一張を取り出して弓袋を外し、みんなに見せた。先日見た時は埃やカビでくすんでいた弓が、きれいに磨かれ、握革の部分は新しいものに張り替えられている。弦も新しいものに替えてある。

「ちゃんと保管してなかったのでどうかと思ったが、使うのに支障はなさそうだ。グラスファイバーは大したものだな。矢の方も、使えるように修理してもらった。筈《はず》も直してもらったよ」

「ありがとうございます」

「助かります」

部室の奥に設置された弓置き場に、みんなで弓を運んで並べた。弓を持っていないカズと薄井くんが、興味深そうに弓を手に取っている。

「最初は九キロか一〇キロから始めるといいと思う」

私はそんな風にアドバイスした。私自身は七キロから始めたが、男子ならもう少し強くても大丈夫だろう。

「えっと、九キロの弓は一張で、一〇キロが二張か。俺、こっちを使うわ」

カズはそう言って、一〇キロの弓を取った。薄井くんも「僕も」と言って、一〇キロの弓を取る。

「じゃあ、使う弓を決めたら、印でもつけておけ。それをちゃんと管理するように。ほかの三人は自分の弓を使うのか？」

田野倉先生が尋ねる。

「はい、俺は一五キロを使っているんですが、ここには一二キロまでしかないし」

賢人が言うと、私も先生に説明する。

「私も伸の一二キロなんですが、ここには伸の弓はないから、家から持って来ます」

「私も竹だし」

ぼそっと善美が言う。

「三人とも弓は家にあるの？」

「はい」

「弓がないとなると、練習できないな。さあ、今日はどうするつもりだ？」

田野倉先生はまるで他人事《ひとごと》のように言う。

そういえば、自分は指導しない、って最初に宣言していたっけ。

「あの、弓はこれでいいとして、僕ら、ほかの道具はどうしましょうか。何か買った方がいいんですか？」

薄井くんが田野倉先生に尋ねる。

「えっと、どう思う？」

田野倉先生は私たちに話を振る。そういうことについても、指図はしないつもりらしい。

「そうだね。やっぱり碟、つまりカケは必要かな」

「カケって、手にはめるグローブみたいなやつ？」

「うん、それぞれ自分に合ったカケを着ける方がいいからね。それと弓道着も必要だと思う。胸当ても。あとは矢があればいいけど、当分は学校のものを使えばいいんで、いますぐ買わなくてもいい」

説明しながら、私は内心戸惑っていた。弓道会では自分は初段だし、弓歴も浅いから、弓道の何かを自分が後輩に教えることはしない。今年の春の体験会で弓道会にも七人の新人が入って来たものの、自分たちはまだまだ下っ端なのだ。だけど、五人しかいないこの部活では、自分は経験者というだけで上の方になる。

「それでいいかな、賢人？」

私は賢人に確認する。賢人は年下だが、弓歴は私より上だ。今年で三年目になるという。それに弐段も持っているのだから、私よりずっと上手い。

「そうだね。ジャージでもいいけど、弓道着を着た方が、お腹に力が入るしね」

「カケ、弓道着、胸当ては購入。矢はしばらく買わなくてもいい」

薄井くんはスマホを出してメモを取っている。

「下がけもね」

賢人がアドバイスする。

「じゃあ、それを買ったら、練習できるのかな？　すぐに矢を射ることができるの？」

カズに言われて、私はちょっとまごついた。

「えっと、すぐに的前ってわけにはいかないよ。最初はゴム弓や巻藁で型をちゃんと覚えないと」

ゴム弓と巻藁は、部室の隅の段ボール箱の中から発掘された。

「それはどれくらいやればいいの？　俺、体験会で少しはやってるけど」

カズに聞かれて、私は口ごもった。

「えっと、個人差はあるけど、私は三ヵ月くらいずっと巻藁で練習していた」

「ええっ、三ヵ月も？」

ふたりが嫌そうな声をあげるので、慌てて弁明する。

「私は遅い方だったから。最初は週に二回しか練習できなかったし。だけど、善美はすぐに的前に立てるようになったよ。個人差があるし、ちゃんと週三回来ればすぐに的前に立てるようになるよ。ねえ、善美？」

「私はひと月くらいで的前に立った」

「ひと月か……」

カズの口調は、それでも先は長い、と思っているらしい。

「で、何ができると、的前に立てるようになるんですか？　弓道の本にも、そういうことは書いてなかったんだけど」

「えっと、それは……」

正直、その基準は私にもわからない。弓道会では、指導者がつきっきりで巻藁練習を見てくれて、三ヵ月くらいしたある日、的前の方での練習を許可された。なんで許可されたのか、それまでとどこが違ったのか、説明することはできない。

「弓がちゃんと引けるようになったら。最初は型を覚えていないし、弓を引く力も弱い。その状態で弓を引いたら危険」

傍にいた善美が、代わって返事した。私は助かった、と思った。

「危険ってどういうこと？」

薄井くんがなおも尋ねる。

「弓を制御できないと、矢がとんでもないところに飛んで行く。矢が人に中ったら事故になる」

「ああ、そういうことか」

「弓を何度も引いているうちに型を覚えるし、弓道で使う筋力が養われる。なので、しばらくはゴム弓と巻藁で練習する」

「それで、ひと月やふた月は掛かるっていうわけか」

善美の説明に、薄井くんはしぶしぶ納得したようだった。

「そう、練習すればするほど、早く的前で引けるようになるよ。頑張れ」

私はそう言って励ました。しかし、内心では困惑していた。

弓道は最初に覚えることがいろいろある。自分たちは弓道会で順序だてて教えてもらった。立ち方や座り方から始まり、それぞれの進度に合わせて、巻藁や的前で射法《しゃほう》八節《はっせつ》の指導を受けた。だけど、今度はそれを自分たちがやらなきゃいけないんだ。そんなこと、ほんとにできるのかな。前田《まえだ》さんや久住さんがやっていたようなことが、私たちにできるんだろうか。

理屈っぽい薄井くんを納得させるような説明が、私にできるだろうか。

私もちゃんと弓のこと、勉強しなきゃいけないな。

私はみんなに気づかれないように、こっそり溜め息を吐いていた。

7

そうして、いよいよ部活が本格始動することになった。善美、賢人それに私は自宅からカケや弓、矢、弓道着を持って来ていた。更衣室で弓道着に着替え、すぐにも屋上の射場で練習できるように準備している。だが、カズと薄井くんはジャージ姿だ。

「う－ん、何から始めようかな。カケがないから、ゴム弓の練習が最初かな」

まだみんな部室にいる。今日の練習内容を決めてないからだ。田野倉先生は今週は研修があるそうで、部活には参加できないらしい。なので、私たちも矢を使った練習はできないことになっている。

「その前に徒手《としゅ》じゃない？」

賢人が横から口を挟んだ。

「ああ、そうか。徒手なら何も持ってなくてもすぐにできるね」

「徒手って何？」

薄井くんが私に尋ねた。

「弓道の型を覚えるための最初の練習。弓も矢も持たずに、正しい姿勢と順番で弓を引くこと」

「弓道の型かあ」

「射法八節って言ってね、弓道の場合、好き勝手に射るんじゃなくて、決まった順番があるんだ。この射法八節がすべての基本だし、これを正しく、美しくできれば、自然といい射になる、ということ。その後に弓を持って素引きをやる。そこまでできるかわからないけど、一応弓も持って屋上に行こう」

「あ、じゃあ弓に弦を張るんだよね。どうやればいいの？」

薄井くんに言われて、ハッと気づいた。

そこからか。弦の張り方やカケの着け方も彼らは知らないのだ。そうか、そこから始めなきゃいけないんだ。つい一年前、自分もそうだったのに、そんなことはすっかり忘れている。

「えっと、弓張板《ゆみはりいた》があるといいんだけど」

私は部室を見回す。部屋の隅の天井に近いあたりに、くぼみのある小さな板がふたつ取り付けてある。

「ああ、やっぱりあった。まずは弓の上の端、つまり末弭に弦輪を通して、それから弓の先を弓張板のくぼみに差し入れる」

私は説明しながら、実際にやってみせる。

「で、こうやって弓を膝にのせてから本弭《もとはず》に弦輪を掛けるの」

「あ、ダメ、そこで三回ほど弦輪をひねらなきゃ」

賢人が横から口を出した。

「えっ、そうだっけ」

「じゃあ、楓はどうやっていたの？」

「そのまま引っ掛けてたけど」

「それ、違ってるよ。俺もそうやっていて、先輩に注意されたんだもん」

「え、ほんと？」

「で、結局、どっちが正しいんですか？」

薄井くんが少し苛立った声で尋ねる。

「え、ああ、じゃあひねりを入れてから、こうやって引っ掛けて」

私は賢人の言うことに従った。こんな小さなことでも、自分がちゃんとわかっていないと、正しく説明できないんだ。間違ったことを教えたら、自分の責任になる。教えるって、ほんと大変なことだ。

「えっと、この部屋に弓道の本、あったよね」

部屋の隅にいくつか置かれている弓道関係の本の中から、弓道会で以前見たことがある入門書を取り出した。先輩たちが「写真が多くてわかりやすい」と褒めていた本だ。

「これを見ながら説明するよ。うろ覚えで話すより、正確だと思うから」

「うん、それがいいね。俺ら、指導者の資格があるわけじゃないし、教えるのも初めてだから」

賢人も賛成する。薄井くんとカズは釈然としない顔をしているが、先輩ぶって知ったかぶりをすることは、私にはできなかった。

「じゃあ、屋上に行って、射法八節の練習をしよう」

そう言って、私は自分の弓を抱えて部室を出た。ほかの部員たちもぞろぞろとそれに続いた。

屋上に上がって徒手の練習を始めていると、一五分もしないうちに雨が落ちてきた。最初はぽつぽつと落ちていたが、あっという間に雨脚が強くなってきた。

「濡れるのはまずいから、いったん撤収しよう」

私が号令を掛け、まず弓を片付け、巻藁と的と畳を昇降口の中に入れ、階段の下の廊下へと運び込む。そうしているうちに、雨はザーッと強い音を立てて落ちてくる。すっかり本降りになってきた。

五人は廊下の窓から屋上を眺めている。雨は勢いを増し、しばらくやみそうにない。

「今日はもう外では練習できそうにないね」

「じゃあ、この廊下で練習する？」

「天井が低いから弓は使えないけど、徒手での練習ならできそうだね」

それで、さっきの続きをやることにした。私がおもに説明し、賢人が実際にお手本を見せる。細かいことはうろ覚えだから、本をちらちら見ながら説明した。

それから同じように薄井くんとカズに徒手でやらせてみて、間違っているところを注意し、正しい姿勢で実行させる。善美はほとんどしゃべらずに見ているが、時々私と賢人が見逃していることをふたりに説明する。それを何回か繰り返し、その後ゴム弓で練習をしたところで、その日の練習は終わった。

「ありがとうございました」

そう声を掛け合って、解散することにした。しかし、五人とも不完全燃焼の感じだ。薄井くんとカズは徒手ではあまり楽しくなさそうだったし、私たちの方も教えるのに手いっぱいで、自分たちの練習をすることができなかった。

なんとなく思い描いていた部活動と現実には隔たりがある。

こんな形で大丈夫なんだろうか。

二日後の練習日も、朝から雨が降っていた。梅雨入り宣言はまだ出ていないのに、もう梅雨みたいだ。放課後、私と善美が弓道着を持って更衣室に行くと、その入口でばったり賢人に会った。

「カズは今日どこかに出掛けるんで、部活休むって言っていた」

賢人が私たちに報告した。

「了解」

「なんか、つまんないね。今日も徒手と素引きとゴム弓か」

「どっちにしろ、先生は今日も研修があるそうだから、晴れたとしても矢を使った練習はできないよ」

私が賢人に説明する。先生は『自分がいない時には矢を持つな』と言っていた。それを破るわけにはいかない。

「だとすると、副部長だけか。それだったら、わざわざ部活でやらなくても、うちでやればいいんじゃない？」

「いや、そういう訳には……」

「せっかく弓道部ができたのに、弓が思う存分引けないなんてつまらないよ」

「弓道部じゃなく、まだ同好会」

善美が訂正する。弓道同好会というのは、〝どう〟という言葉が重なるので言いにくい。私もつい弓道部と言ってしまう。

「そうだけど。ともかく、やっと同好会できたんだ。お祝いの弓を引きに行こうよ」

「引きに行くって、どこへ？　体育館の弓道場まで弓持って行くの？　雨なのに面倒だよ。雨用のカバー、持って来ている？」

「それもそうだな。……だったら、弓道会に行こうよ。あそこなら弓を借りれるし」

賢人は名案を思い付いた、というように、目を輝かせている。三人とも同じ弓道会の会員なので、そこで一緒に練習することは可能だ。

「弓道会か、そう言えば、最近サボっていたから、たまには顔出すのもいいかな」

もしかしたら乙矢くんが来ているかもしれない。大学生は暇だから、時間があったら弓道会に来るんじゃないだろうか。それだと嬉しいのだけど。

「でも、薄井くんはどうするの？」

薄井くんは掃除当番で、まだ教室に残っていた。

「薄井パイセンには『今日は自主練にする』とメモでも残しておけばいいさ。どうせ今日も素引きやゴム弓くらいしかできないし、俺ら三人がパイセンにつきあわなくても、ひとりでできるだろう」

賢人に強い調子で言われると、そうかな、という気がした。

「そうだね。ここのところ天気が悪くてすっきりしないから、弓を引いてスカッとしたいね」

弓道部設立でバタバタしていたのだ。だけど、まだ屋上弓道場でも思う存分引くことができずにいる。欲求不満が溜まっているのも事実だった。

「じゃあ、部室に薄井宛の伝言を残して、練習に行こうぜ」

「了解。善美はどうする？」

「みんなが行くなら、私も行く」

善美も同意したので、その日は練習をしないことにした。

自分が部長なのだ。それくらいの自由は許されてもいいはず、と私は思っていた。

神社の裏手の弓道場に着いた時にも、まだ雨はしとしとと降っていた。そのためか、今日はふたりしか練習に来ていない。

「おや、若い人たちが珍しくやって来た」

和室に座っていた、真っ白な頭の恰幅《かっぷく》のいい男性が言う。顔だけは何度か見掛けているが、名前は忘れてしまった。

「はい、浅沼《あさぬま》さん。ムサニ弓道部が練習に来ました」

賢人が臆《おく》さずに言う。そうだ、浅沼さんっていったっけ。学生時代から弓道をやっていて、確か教士《きょうし》の資格も持っているはずだ。

「ムサニ？　武蔵野西高校か。なんか、久しぶりに名前聞いたな」

「ムサニを知ってるんですか？」

「ああ、確か、ムサニに行ってた人がうちの会にもいたはずだ。誰だったっけ？」

この地域は武蔵野西高校が近いので、通う人は少なくない。弓道会にも卒業生が何人かいるだろう。

「すみません、今日は自分の弓持っていないんで、弓道会の弓を使わせてもらってもいいですか？」

大丈夫なはずだと思ったが、私は浅沼さんに一応断った。

「好きに使えばいいよ。なあ、岸《きし》さん」

浅沼さんは、巻藁の方で練習していた別の男性に声を掛けた。確か、岸田《きしだ》という名前だった。この人も浅沼さんと同じくらいの年配だ。痩せていて、やはり頭は真っ白だ。

「もちろん。どうせ今日は練習に来るやつはあまりいない。雨だからな」

「ありがとうございます」

私と善美はつい最近まで弓道会の弓を使っていたので、弓置き場から迷わずその弓を取り出した。賢人は弓のキロ数を確認して、いちばん強い弓を弓袋から出す。

矢とカケは学校から持って来たのでそれを使う。弦は、それぞれの弓に付いているので、それをそのまま使わせてもらうことにした。

弓道着に着替えて準備ができると、射場に三人並んだ。善美が大前、賢人が落（後ろ）、私が中である。

「立射《りっしゃ》でいいよね？」

「いいよ」

私は返事をする。そうして射場に執弓《とりゆみ》の姿勢で立つ。左手に弓、右手に矢を持ってそれぞれの拳を腰骨の位置に置く。弓道の基本姿勢だ。

目の前に矢道とその先の安土が見える。その周囲の植え込みや大木の緑も目に入る。

さやさやと降りしきる雨に濡れて、木々の緑も土の黒もいつもより冴《さ》え冴《ざ》えと色濃く見える。葉も草も雨粒があたって微かに揺れている。矢道にできた水たまりに雨が落ちて、小さな波紋を作る。

きれいだ、と思う。

屋上の射場では味わえないこの清涼な空気、鮮やかな色彩。

細かな雨が屋根にあたってリズミカルな音を立てている。岸田さんの弓の弦音と巻藁に矢が刺さる音が聞こえる。

善美が礼をするのに合わせて、自分も礼をする。そして、足を踏み出す。足の裏に木の床のひんやりとした感触が伝わる。

胴造りをし、手の内を整える。

そう、自分の弓はやっぱりここにある。この静けさ、この景色の一部となって弓を引くことが楽しいのだ。

打ち起こして、引き分ける。

左の手の内で踊るように弓が撥《は》ね、矢はまっすぐ的へと向かう。

乾いた的中音を響かせて、矢が真ん中へ突き刺さった。

次いで二射目。善美の放った矢が的中音を響かせた。次いで後ろの賢人の的からも。

私も続けるかな？

そうして放った矢は、的の端に中った。三人揃って中りだ。

ああ、気持ちいい。

この時間がほんとに好きだ。

この瞬間を留《とど》めたくて、私は弓を引くのだ。

「いいじゃない、ムサニトリオ」

後ろで腕組みをして見ていた浅沼さんが、目を細めて褒めてくれる。

「ありがとうございます」

私は浅沼さんにぺこりとお辞儀した。

それから二時間ほど私たちは弓を引き続けた。浅沼さんも岸田さんも小一時間で帰って行ったので、私たちの貸し切りのようになった。いつもなら、弓道場の脇道を通る人がいるが、今日は誰も見掛けない。

私たちはほとんど会話をすることもなく、淡々と弓を引き続けていた。言葉はいらなかった。ただ、自分の射のことだけを考えていた。その状態がとても心地よかった。

賢人と善美のふたりも弓を引くことだけに集中している。

集中している人だけが見せる、凛としたたたずまいが私は好きだ。弓道場にはきっと、そうした人たちの醸《かも》し出す気配のようなものが染みついている。

それは喜怒哀楽のような感情的なものや、迷いや戸惑いといった思念を越え、その場を何者も侵しがたい、清浄な空間へと変えていく。

だから、特別な場所という感じがするのだ。

だんだん日が暮れて、辺りは暗くなっていく。

弦音と的中音だけが辺りの空気を震わす。

雨は私たちを見守るように、静かに降り続けていた。


その翌日、学校に行くとすぐに薄井くんが傍に寄って来た。

「おはよう」

私は挨拶したが、薄井くんは険しい顔をして挨拶を返さない。いきなり用件を切り出す。

「昨日、どうして部活休みにしたの？」

「どうしてって……雨だったし、カズが休むって言うから、人も少ないし」

「それで、みんな帰宅したの？」

強い剣幕で詰め寄られて、ついほんとのことを口にする。

「私たちは弓道会で自主練していた」

「それって、ひどくない？」

薄井くんの顔が歪む。悔しそうに。哀しそうに。

「えっ？」

「僕だけ仲間外れ？」

「あ、そうか」

「そうかじゃないよ！」

薄井くんの強い調子に押されて、「ごめん」と謝る。

「仲間外れとか、そういうつもりじゃなかったんだけど……」

だが、結果的にはそういうことになる。

「だいたい雨が降ったからとか、出席者が少ないからって練習やめるなんて、部活じゃないよ！　気分でやることを変えるのは、ただの趣味だよ。そりゃきみたちは段を持っているから好きなように練習できるだろうけど、僕は部活でしか練習はできない。誰か教えてくれる人がいないと何もできない。そういうレベルだ。きみらが弓道未経験の僕を部に誘ってくれたのは、僕を一人前の弓道部員にする覚悟があったからじゃないの？　僕を仲間として迎えたのは、そういうことじゃないの？」

畳み掛けるように薄井くんは文句を言う。ひとつひとつ正論だから、言い訳のしようもない。

「ごめんね。私の考えが足りなかった」

私は深く頭を下げた。本気で悪いと思ったのだ。

「ここのところまともに弓を引けなかったんで、つい弓道場に行ってみたくなったの。薄井くんを仲間外れにするつもりはなかったの。ほんと、ごめんなさい」

「悪気はなかったたって、加害者の言い分だよ。自分たちは痛い思いをしていないから、相手にひどいことをしたって気づかないんだ」

薄井くんの言葉は胸に刺さる。

「矢口さんは部長なんだから、自分のことだけじゃなく、みんなのことも考えて。矢口さんは部のことを決める権限がある。だから、よけい自分以外の人にも目配りしなきゃいけないんだ！」

それだけ言うと、薄井くんは私に背を向けて、自分の席に戻って行った。私は何も言い返せなかった。ひとつひとつの言葉が痛かった。

部長だから、ほかの人のことを考えなきゃいけない。

そうだ。その通りだ。だから、自分は部長に向いてないと思うのだ。

自分のことだけで精一杯だもの。薄井くんのことまでとても面倒みきれないんだもの。

「楓、どうかした？　薄井に何か言われた？」

離れた席にいた花音が、私の様子を気遣って、傍まで来てくれた。きっと深刻な顔をしていたのだろう。慌てて私は笑顔を作る。

「ううん。部活のことでちょっと」

「やっぱりね。薄井、めんどくさいやつでしょ」

花音はしたり顔で言う。

「薄井くんが悪いんじゃない。私たちが考えなしに行動したから、謝ったの」

昨日、弓道場での練習が楽しかっただけに、かえって薄井くんへの罪悪感が募る。

「ふうん。だけど、やつ、そういう時に正義漢ぶるでしょ？　そういうところがめんどくさいよね」

「ん？　まあ、そうね」

「入部してすぐなのに、もう本領発揮か。トラブルメーカーにならなきゃいいけどね」

「そんなこと、ないと思うけど」

私が非を認めて謝ったのだ。それで納得してくれたはずだ。

それ以上、どうすればいい？　まさか土下座でもしてほしかった？

そこまで怒ってはいないだろう。仲間外れにしたのは悪かったけど、謝れば許してもらえる程度の行き違いだ。私はちゃんと謝ったし、それでもう納得してくれただろう。私はそう信じたかった。

しかし、花音の言った通り、この問題はこのままでは終わらなかった。

「だから、しょうがないだろ。俺らだって、教えているばかりじゃ物足りない。たまには伸び伸び自分たちの練習をしたいんだって」

「それって自主練だろ？　なんで部の練習時間中に行かなきゃいけないんだ？」

翌日、私と善美が部室に行くと、賢人と薄井くんが言い争っていた。黙ってそれを見ているカズに私は尋ねた。

「これって、この前の練習日のこと？」

「うん」

カズは我関せずとばかり、おもしろそうにふたりのやり取りを眺めている。

「とりあえず射法八節についての説明はしたじゃないか。練習やるとしても、それの復習になる。別に俺らがいなくたって、ひとりでできるだろ」

めんどくさそうに賢人は答える。冷ややかな声だ。一方、薄井くんの方は憤って、声も上ずっている。

「できる、できないの問題じゃない。どうして僕に声を掛けないで、勝手に自主練に行ったのかってこと。たった五人しかいないのに、それってひどいじゃないか」

「それは失礼しました。副部長さまをないがしろにして、申し訳ありませんでしたね」

「そういう言い方はないだろ。人を馬鹿にしているのか?」

本気で薄井くんが怒っていると思ったので、私は割って入った。

「もうやめて。この前のことは私たちが悪かったの。ちゃんと薄井くんに断るか、一緒に行けばよかったんだよ」

私が言っても、賢人は聞く耳を持たない。

「連れて行けるわけないじゃん。こいつは弓道会の人間じゃないし、まだ的前に立つだけの技術もない」

「それでも、部に入ってくれって言ったのはきみたちの方じゃないか。それなのに、ろくに指導もしないって、おかしいだろ」

「悪うございました、副部長。副部長ともなれば、ひとりでいろいろできるかと思っていた」

「何を」

薄井くんは本気で怒っている。賢人を憎々しげににらみつけた。

「どうした、やる気か？」

賢人が薄井くんを挑発する。

「もうやめてよ」

私が再び間に入るが、薄井くんがそれを押しのけて一歩前に足を踏み出した時、

「あのお」

気の抜けた声がした。みんなが一斉に声のした方を向く。

入口に女の子が立っていた。深いえくぼとちょっと上向きの鼻が印象的な少女だ。色素が薄いのか、肌は白く、目の色も肩に届くくらいの髪も栗色をしている。髪は柔らかいウェーブが掛かっている。善美のような正統派の美少女ではないが、親しみやすい愛らしさだ。

まるでアニメのヒロインみたいな子だな、というのがその子の第一印象だった。

「何か？」

薄井くんが硬い調子のまま、返事する。

「ここって、弓道部の部室ですよね」

少女は疑うような目でこちらを見ている。

「ええ、いまはまだ同好会ですけど」

私が返事をすると、女の子は急に表情を崩した。めためたと満面に笑みを浮かべている。

「きゃー、やっぱりそうなんですね。思い切って来てみて、よかった」

声はやけに高く、しゃべり方もアニメっぽい。

「私たちに、何か用ですか？」

「あの、私、一年一組の山田カンナです。私も弓道部に入れてくださいっ」

「は、はあ」

「私、高校入ったら、絶対弓道部、って思っていたんです。前からやりたかったけど、中学にはなくて、仕方なく体操部に入っていたんです。この学校、都立だけど弓道が強いってダディが言ってたから期待していたのに、生徒手帳に弓道部の記載がなくてダディの勘違いかと思ったんだけど、部室があるっていうから探したんです。やっぱりダディは正しかったんですね。ダディを信じてよかったー」

カンナと名乗った少女は、ぺらぺらと早口でまくしたてた。ひとりでしゃべって、ひとりで完結している。みんなはあっけにとられている。賢人も薄井くんも、喧嘩をしていたことなどすっかり忘れたように、彼女を黙ってみつめている。

そもそもダディって誰？　おとうさんのこと？

「えっと、つまりあなたは入部希望者ってことなのかな？」

一応部長なので、私が代表して質問をする。

「はい、ダメでしょうか？」

「いや、もちろん大歓迎だよ、ねえ？」

「うん」

「もちろん」

ダディ呼びにちょっと気持ちが引いたけれど、入部希望者っていうのは嬉しい。みんなも、引きつっていた顔をほころばせる。賢人と薄井くんも、毒気を抜かれた顔をしている。一時休戦だ。

「ありがとうございます！　これから、よろしくお願いします！」

「だけど、うちのクラブ、ずっと活動休止していて、今年から復活したばかりなんだ。だから部員はまだ五人だし、弓道場もなくて屋上で練習しているし、いろいろと不自由なことも多いと思うけど、それでも大丈夫？」

私は念を押す。期待が大きそうなので、あとから『こんなはずじゃなかった』と思われても困るのだ。

「屋上で練習？」

少女の目が驚いたように見開かれた。

幻滅したかな、と私が思った時、思いがけない言葉が返ってきた。

「すばらしいです！　みなさん、サムライですね」

少女は嬉しそうに目を輝かせている。

「サムライ？」

「逆境に負けず、どんな場所でも鍛錬を重ねる。それ、サムライ魂だと思います！」

「はあ」

「ますます入部したくなりました。今日からでも練習参加させてくださいっ」

「今日はまだちょっと。正式に入部届を出さないと練習できないよ。それに、練習するための道具もないし。弓道着とかカケとか」

薄井くんが言う。

「カケって、韘のことですね。それなら持っています」

「きみ、もしかして弓道経験者？」

「いえ、高校に入ったら弓道やるつもりだったので、合格祝いに弓具一式買ってもらいました。幸いいとこが経験者なので、何が必要かについては、アドバイスしてくれましたし」

「一式って、弓も持ってるの？」

私は驚いて尋ねた。

「もちろん。美しい竹弓を手に入れました」

うわ、この子んち、きっと金持ちだ。弓具をいっぺんに揃えるとしたら、結構な額になる。竹弓なら、金額は倍増だ。高校入学で何かと物入りだろうに、さくっと娘の趣味にお金を払ってくれるなんて、裕福じゃないとできないよ。

「だから、明日からでも練習に参加できます。着物と袴も手に入れました」

やる気満々だ。逆にこっちが引いてしまう。

「だけど、僕たち、ほんとに始めたばかりだし、練習の仕方もまだ確立してないんだ。先輩もいないからどうやっていいかわからないし」

薄井くんがなだめるようにカンナに言う。入部を思いとどまらせようとしているのだろうか。

「あー、つまりすべてはこれからってことですね。それもすばらしいです。私も部の再建のお手伝いができるんですね」

「はあ、まあ、そうかな」

「じゃあ、私、頑張りますっ！　よろしくお願いしまぁす」

カンナはペこり、と勢いよくお辞儀をした。その動きも、なんだかアニメっぽい。

「じゃあ、来週の月曜日から一緒に練習する？」

「月曜日からですか？」

カンナの顔が曇る。月曜には、何か予定でもあるのだろうか、と思ったが、違った。

「土曜日とか日曜日は練習しないんですか？」

「うちの部は月水金が活動日。それ以外の日は自主練」

薄井くんの説明に、私も補足する。

「私と善美と賢人、この三人は地元で弓道会に入っているから、木曜日と日曜日はそっちで練習している」

「そうなんですね！　よかった！」

「よかった？」

「やっぱりみなさんは弓道に対する想いが強い方たちなんですね。週三回の練習じゃ満足できないから、自分で練習環境をみつけているんですねっ」

「えっ、うん、まあ、そう言えるのかな？」

私は思わず賢人を見た。賢人は呆れた、というように黙ったまま肩をすくめる。

「私も自分だけの練習場所を探します。自主練も頑張ります！」

「は、はあ」

みんなはちょっと引き気味だ。

おかげで賢人と薄井くんの喧嘩もうやむやになってしまった。そういう意味では助かったけど。

「あの、それで、先輩たちのお名前を知りたいんですけど。部長はどなたですか？」

カンナに聞かれて、私が答える。

「私。矢口楓。二年四組。一応初段。副部長はこちら、薄井くん」

「同じく二年四組の薄井道隆です。こちらは」

薄井くんに目で促されて、善美が続ける。

「真田善美。二年、初段。会計」

「俺は一年二組の高坂賢人。弐段を持ってる。楓と善美と俺は同じ弓道会なんだ」

「同じく一年の大貫一樹。弓道はこの春始めたばかり」

五人が順番に名乗り終わると、カンナはみんなに近づき、ひとりひとりの顔を見ながら、確認するように言う。

「矢口先輩、薄井先輩、真田先輩、それに高坂くんと大貫くん」

「先輩はいいよ。うちのクラブ、できたばかりだし、先輩後輩とかそんな堅苦しい関係じゃないし」

私が言うと、賢人も同意する。

「賢人とかカズとか、呼び捨てでいいよ。俺は先輩でも楓のこと、呼び捨てにしてるよ」

「そういうわけにはいきません。先輩は先輩ですから。それに、これからいろいろ教えていただくんですし」

それを聞いて、賢人と私は顔を見合わせた。薄井くんは下を向いている。私はカンナに説明した。

「あの、うちのクラブ、できたばかりの寄せ集めだから、二年でも始めたばかりの人もいるの。一年の賢人が部内ではいちばん上段者だし。だから学年はあまり関係ないってことにしている」

初めての人に、私たちの関係性をわからせるのはめんどくさい。

二年で副部長の薄井くんの立ち位置を、どう説明したらいいだろうか。

「えっと、矢口先輩と真田先輩は初段を持っているって言ってましたね。じゃあ、もしかして薄井先輩は副部長だけど、始めたばかりとか？」

カンナは言いにくいことをすらりと言ってのけた。

「うん、まあ、そういうこと」

薄井くんは嫌なところを突かれた、というような顔をしている。

「なるほど、弓道の実力ではなく人柄でみんなに認められたってことですね。それって、素敵です」

きらきらした目でカンナは薄井くんを見上げた。薄井くんはいたずらがみつかった子どものように、バツが悪そうな顔をしている。賢人とカズはにやにやしている。まさか自薦だとはカンナも思わないだろう。

「じゃあ、私は道隆先輩、楓先輩、善美先輩って呼びますね。で、こちらは賢人くんとカズくん」

カンナはひとりで結論を出したようだ。

「じゃあ、あとで入部届を書いて、持って来ますね。なので、月曜から練習に参加させてください。……そこ、荷物置き場ですね。私はどこに置けばいいのでしょう?」

カンナは壁際に据え付けてある棚の、三〇センチ四方くらいに区切ったスペースを見て言う。

「どこでもいいよ。スペースはいっぱいあるから」

賢人が投げやりな声で返事する。棚のスペースは二〇人分くらいはある。かつて部員が多かった頃はここもみな、いっぱいだったのだろう。

「じゃあ、私はここにします。あ、これ何ですか？」

好奇心いっぱいのカンナは、棚の上にあった日誌を取り上げた。

「二〇〇七年？　ずいぶん古いものなんですね」

「弓道部が休部になる前の日誌だよ。その頃は人数も多かったみたいだね」

私が説明する。

「弓道部って、いつ休部になったんですか？　休部になった原因は何なんですか？」

「いつって言われても……。私たちが入学する前のことだし。新入部員がいなくなったからじゃないの？」

「そうなんですね」

カンナはぱらぱらと日誌をめくってから、ろくに読みもせずに棚の上に戻した。戻しながら、ふと窓のところに視線を向けて声をあげた。

「あら、これは何？」

カンナは窓の下を覗《のぞ》き込《こ》むように見た。例の、文字が刻まれた場所だ。

「これ……無念って書いてありますね。ちょっと嫌な感じ」

確かに、鉛筆で壁を彫るように何度も何度も文字を書くのは、強い意志がないとできない。書いた人の怨念のようなものを感じる。

「こんな文字を書くってどうしてなんでしょう？　なんか、不吉な感じがします」

カンナは両手で拳を作り、ランニングするみたいに腕を振った。アニメキャラが『ジタバタ』と焦った仕草をする時みたいだ。

「日付が書いてありますけど、この日何かあったんでしょうか？」

「さあ、俺たちにはなんとも」

「日誌には何か書いてないんですか？」

「日誌は二〇〇七年度までしかない」

善美が言う。

「どういうことでしょう？　ここに落書きがあるってことは、二〇〇八年度も活動していたんですよね。なぜ日誌がないのでしょう？　破棄されたのでしょうか？」

「さあ、どうなんだか。二〇〇七年度の日誌では部員も多かったみたいだし、確か都大会で三位になったのもこの年だったよね」

薄井くんがめんどくさそうに返事をする。

「じゃあ、二〇〇八年に何かあったのでしょうか？　この年に休部になったとか？」

カンナの問いに答えられる者はいない。

「そうだ、生徒会の人に『休部になった理由を調べなさい』って課題をもらったんだっけ」

私は副会長の水野さんに言われたことを思い出した。

「調べておいてほしいって言われてたんだ」

「休部の理由も何も、いつ休部になったかもわからないのに」

賢人が不満そうに言う。

「ほんと、どうやって調べればいいのか、見当もつかない。むしろ、生徒会の方にそういう記録があるんじゃないのかな?」

私も愚痴《ぐち》をこぼす。

「うーん、どうだろ。生徒会は起ち上げの時の承認はするけど、休部の時の承認もするのかな。休部って、たいていの場合、部員がいなくなって自然消滅するものだろ?」

賢人に続いて、薄井くんも発言する。

「部活の予算の割り振りには生徒会も関係しているから、いつから弓道部が予算を申請しなくなったかがわかれば、活動を止めた年もわかると思う。議事録に書かれているだろうから。ただ、もう一〇年以上も前の話だ。そんな時代の議事録をわざわざ取っておくかな？　ああいうものは、保管期限が決まっていて、それを過ぎると処分されるだろう？」

「それに、俺らに調べろっていうのは、自分たちにはわからない、ってことなんじゃないか？　生徒会も大して情報はないんだと思うよ」

カズがめんどくさそうに言う。

「そっかー。もしかしたら、この部室には何か当時のことがわかるような書類か何か、残っているのかな？」

「いや、ここには何もない」

私の問いに自信ありげに答えたのは、薄井くんだ。

「どうしてわかるの？」

「一昨日、暇だったから、部室の中をいろいろ調べたんだ。開けてない段ボール箱もあるし、何が入っているんだろうと思って」

一昨日は、私たちが薄井くんを置いて弓道会に練習に行った日だ。

「そんなことやってたのか」

呆れたように賢人が言う。「ひまだなあ」という含みがある。

「仕方ないだろ。ひとりで部室に来てもやることないし。何か、昔の練習方法が記載されたノートでもないか、と思ったんだ。雨の日、どうやって練習していたのかがわかれば参考になると思って」

ふてくされたように薄井くんは言う。

「確かに、そういうことがわかれば助かるね。どういう練習をすれば、道場がないハンデを埋められるかには、とても興味がある」

私が言うと、薄井くんはちょっと機嫌を直したようだ。

「そういうこと。僕はいまさら休部になった理由を突き止めるよりも、どんな練習をしていたかが知りたい。うちの部、まだ練習方法が確立してないし、昔のやり方を知れば参考になると思ったんだ」

「だけど、残念ながら、そういう記録はなかったんだね」

「うん。案外、日常当たり前にやっていることについては、いちいち文章にしたりしないもんなんだな」

薄井くんの言うことはもっともだ。私も中学時代テニス部で、練習方法は先輩から口頭で教えられた。それを継承しつつ、その時々で新しいやり方を試して、効果があればそれも取り入れる。だから練習方法は少しずつ変わっていくけど、いちいち書面に残したりしない。

「部誌にも、何も書かれてないの？」

私が聞くと、薄井くんは首を横に振った。

「その日起こったこととか、部会で決まったこととか、伝達事項くらい。まあ、部誌ってそんなものなんだろうけど」

その部誌にしても、二〇〇八年度のものはないのだ。もしあれば、休部になった原因を探る参考になったかもしれないのに。

「新しく部を作るってことは、受け継ぐものがない、ってことだ。毎日の練習をどうしたらいいか。晴れていたら屋上で練習できるけど、雨の日はどうするか。体育館でも練習すべきかどうか。経験者とそうでない人の溝をどう埋めるか。指導者はどうするか。それを一から決めなきゃいけないってこと。場当たり的に、今日はどうしようと決めていたら、継続は難しいよ」

薄井くんは、いろんなこと考えているんだな。本来なら私が考えなきゃいけないことなのに。薄井くんは思っていたよりずっと真面目に部のことを考えている。

「弓道の入門書を読んでみたけど、ゴム弓とか素引きのやり方は書いてあっても、何を、どういう順番で、どれくらいやればステップアップできるか、なんてことまでは書いてないからね」

みんな黙り込んだ。薄井くんの言う通りだ。部を作りさえすればなんとかなると思っていたけど、指導者もいない、ちゃんとした道場もない状況で、どうやればいいのか、誰もわかっていないのだ。

その時、「あのぅ」と遠慮がちな声がした。カンナだ。

「何？」と、薄井くんが不愛想な声で言う。

「今日入部したばかりの私が言うのもなんですが」

「まだ正式に入部したわけじゃないよ。入部届を顧問の田野倉先生に提出して、受理されないと」

どっちでもいいことだと思うが、薄井くんはその辺をちゃんとしなければ気が済まないらしい。カンナは気にした様子もなく、話を続ける。

「あのぉ、それはそうなんですが、もしよければ、ほかの学校の練習を見学に行きませんか？」

「ほかの学校って？」

「うちのいとこが西山大《にしやまだい》付属西山高校で弓道部の顧問をしているんです。あ、顧問じゃなくて、監督だったかも。その学校、弓道場がないんですけど、結構頑張ってるらしいです。都大会でも入賞しているし、弐段とか参段の子もいるそうなんです。頼めば見学させてくれると思います。それって、うちの学校の参考になるんじゃないでしょうか？」

「西山大付属って私立の？　確か、中高一貫じゃなかった？」

「ええ、だけど弓道部は高校だけだそうですし、ほとんどの生徒が高校から始めるって言ってました。私たちの参考になるんじゃないでしょうか？」

みんなは顔を見合わせた。願ってもない話だが、今日会ったばかりの、ろくに人柄もわからないカンナの提案に乗ってもいいのだろうか。そんな戸惑いが漂っていた。

8

その翌週、私たち弓道部員は、カンナのいとこが顧問をしているという西山大付属西山高校に来ていた。山手線《やまのてせん》の南の方にあるその学校は七階建てで、壁面はガラス張りのモダンなデザインの校舎だが、敷地内にはグラウンドがない。いかにも都会的な感じのする学校だ。同じ高校と言っても、昔ながらの四階建てのコンクリートの校舎に広いグラウンドがある武蔵野西高校とは、印象がまるで違う。

「よくいらしてくださいました。弓道部の顧問の赤星《あかほし》です。狭いんで、びっくりしたでしょう？」

一階の受付で出迎えてくれたのは、眼鏡を掛けた若い男性教諭だ。顔はふっくらとして中背だが、身体はがっしりしている。運動経験がありそうだ。

「いえいえ、現代的な学校ですね」

田野倉先生が当たり障りのない受け答えをする。学校同士のことなので、田野倉先生が引率をする、という形を取っている。だが、実際にはカンナが直接赤星先生に連絡をして、許可をもらっていた。

「僕は顧問の田野倉。生徒はこちらから部長の矢口、副部長の薄井、大貫、高坂、真田、それに……山田はご存じでしたね。今日はよろしくお願いします」

「お願いします」

私たちは息を揃えて一斉にお辞儀した。

「こちらこそよろしくお願いします」

赤星先生も、笑みを浮かべながら、軽く頭を下げた。

「カンナから連絡をもらって、意外に思いました。うちみたいな学校が参考になるのでしょうか？」

「いえ、弓道場がないのに、大活躍されていますよね。うちも弓道場がないので、いろいろ参考にさせていただけることが多いんじゃないかと思っています」

褒められて照れくさいのか、赤星先生は頭を掻いた。

「熱心な生徒も多いですから。それにうちの場合、提携の大学に進む子がほとんどなので、進路が決まった三年生は卒業まで部活に参加していますし、彼らが下級生にアドバイスしてくれるんですよ。……どうぞ、そちらのスリッパを使ってください」

私たちは靴を脱いで、用意されたスリッパに履き替える。

「いつも通りの練習が見たいということでしたので、普段通りにさせています。生徒たちには事情を話してありますから、説明が必要なところは言ってください。ちゃんと答えてくれると思います」

そう言いながら、赤星先生はエレベーターの前に行く。私たちもそれに続く。

「生徒には、ふだんはエレベーターを使わないように、と言ってるんです。おもに来客用ですね」

赤星先生は説明する。カンナのいとこだそうだが、まったく似ていない。黒髪に黒縁の眼鏡越しに見える目は細く、少し垂れていて愛嬌《あいきょう》がある。

「皆さんは、体育館にいるんですか？」

田野倉先生が赤星先生の横に並び、質問をしている。

「体育館は地下にあるんですが、バスケ部やダンス部などがひしめいていますよ。とても我々が入る隙間はありません」

「じゃあ、どこで？」

「四組に分かれて、それぞれ校内で練習しています。部員は全部で六二人と多いので、一ヵ所では練習できないんですよ」

「いつも分かれて練習してるんですか？」

「週に二回は公営の弓道場を四時間借りて練習します。その時は全員で行動します」

エレベーターが来たので、全員でぞろぞろ乗り込んだ。

「それは一般の方に交じって？」

「いえ、団体で貸し切りを取ります。だから、その時間はうちだけで弓道場を使えるんですよ。授業が終わってから練習なので、夕方の五時から七時までは全体練習、その後は希望者だけ残って九時までやっています」

貸し切りができるのはうらやましい。それなら、自分たちのペースで練習できるし、あまり経験のない生徒でも的前に立つことができる。

六人しかいない自分たちは一般の練習時間に参加するしかない。だが、段持ちでないと一般の練習時間には参加できないところも多い。

「その弓道場は、学校から近いんですか？」

「学校の近くのスポーツセンターにも弓道場はあるのですが、団体貸し切りができるところとなると、学校から小一時間掛かりますね」

「学校から遠いということは、生徒たちの自宅からも遠いんじゃないですか？　九時まで練習していると、家に着くのは一〇時過ぎてしまう子もいますよね」

「ええ。うちから遠い子もいますから、最後まで残ることは強制できません。ですが、熱心な子は最後まで参加しています。やはりそういう子は上達しますね」

田野倉先生が振り返って、私たちを見た。

「聞いたか。やっぱり熱意だよ、熱意。おまえら、夜九時まで練習するガッツがあるか？」

「とは言っても、うちの学校じゃ部活は夜七時までって決まってるじゃないですか。七時には全校生徒校門から出ろって言われているし」

賢人が代表して反論する。やりたくても、夜七時には体育館も閉まるし、電気もあらかた消されてしまう。遅くても六時半には終えないと、着替えや片付けが間に合わない。

「うちも、校内で練習する時は、同じです。門限に関しては一般の学校より厳しいかもしれません」

そんな話をしているうちに、七階に着いた。エレベーターのドアが開くと同時に、目の前の光景が目に飛び込んでくる。広いエレベーターホールには、一〇人ほどの弓道着を身に着けた生徒が固まっている。三人の生徒がゴム弓を持って練習し、そのすぐ傍に別の生徒が立っている。おそらく指導をしているのだろう。それ以外の生徒は、彼らの練習をみつめている。

「こんにちは」

指導していたうちのひとりが、こちらに気がついて挨拶をしてきた。

「こんにちは！」

ほかの生徒たちも、一斉に大声で挨拶する。私たちは気をのまれて「こんにちは」とぼそぼそと返事をする。最初に挨拶した少女が私たちの方に近づいて来た。赤星先生が彼女を私たちに紹介する。

「こちら、部長の神崎《かんざき》瑠衣《るい》。二年生です」

「はじめまして。武蔵野西高校の皆さんですね」

まっすぐにこちらを見ながら、アルトのはっきりした声で言う。長い黒髪をうなじのところで束ねている。賢そうな顔立ちで目力があり、年に似合わぬ落ち着きもある。

「すみません、緊急の用ができてしまったので、あとはこの神崎に案内させます。彼女は高校に入って弓道を始めたんですが、真面目に取り組んでいますし、説明も私より上手だと思います。ともあれ終わり次第、戻りますので」

「どうぞ、どうぞ。そちらの用を優先してください」

田野倉先生の声に背中を押されて、「では、また後ほど」と、赤星先生は去って行った。

赤星先生が去ると、瑠衣という少女が臆した様子もなく、私たちに言う。

「では、よろしくお願いします」

「よろしくお願いします」

瑠衣さんは自信に満ちたオーラをまとっている。その勢いに押されて、みんな少し声が小さくなっている。

「私たちの活動日はだいたい週に四回。月曜日は職員会議で赤星先生がいらっしゃらないのでお休み。週に二回は弓道場に行って、それ以外は、こうして校内で練習をしています。うちの学校は狭いし、グラウンドも遠いので、こうして校内のできる場所でやっています。人数が多いので校内で練習する時は四組に分かれ、まず一組はここで練習します。ゴム弓と素引きですね。それから、筋トレもします」

「教えているのは上級生ですか？」

「はい。夏頃までは一年生に基礎を教えることが中心になります」

生徒たちはこちらのことを忘れたように、練習に集中している。

「左右の腕は均等におろして。腕で引っぱるのではなく、肘《ひじ》で引き分けるような感じで」

先輩が後輩に注意している。

弓道会で、指導者に言われるのと同じことを言っている。自分はあんな風に後輩を教えることができるだろうか。

私たちは黙ったまま遠巻きにして、しばらくそれを見守っていた。

「何か、質問はありますか？」

瑠衣さんに言われたが、誰も質問はしない。やっていること自体はゴム弓の練習なので、目新しいものではない。

「じゃあ、そろそろ次に行きますか？」

「はい、お願いします」

薄井くんが代表して答える。

「こちらへ」

エレベーターホールの奥の広い廊下の方へと瑠衣さんは私たちを案内する。

「静かに見てくださいね」

いたずらっぽい目をして瑠衣さんは人差し指を唇にあてた。廊下が見通せる場所に来て、私は思わず声をあげそうになったが、慌てて掌で口をふさぐ。廊下には弓道着をつけた生徒たちが固まっている。五人ほどの生徒が弓矢を持って座り、それを一〇名ほどの人間が取り巻いて見ている。

「二組目は所作の練習です。一年生は最初に弓道着の着方や、カケの着け方を教えられます。いまは入退場の練習をしています。ここで御覧ください」

座っている生徒たちは、左手に弓を、右手に矢を持って腰にあてている。そして、腰をまっすぐに伸ばし左足をまず九〇度に開き、右足をそれに揃える、いわゆる開き足の練習をしているところだった。

「はい、そこで背筋を伸ばして、左膝、紙一枚ほど入るくらい上げる」

先輩が座っている生徒たちに指示している。ほかの先輩がひとりの生徒の矢の持ち方を注意し、もうひとりが別の生徒に弓の角度を注意している。

「二番目以降はその姿勢で待機」

右膝を床につけ、爪立った両方の踵《かかと》に腰をおとす跪坐《きざ》の姿勢は、慣れるまではバランスを取るのが難しいし、筋力もいる。案の定ぐらついて、先輩に注意されている生徒もいる。

いちばん前の生徒が体の中央に弦が通るように弓を立てて甲矢《はや》の矢番《やつが》えをする。乙矢《おとや》を右手に持っての動作だから、なかなか難しい。生徒はまごつきながらもなんとか矢番えを終えると、右手を腰に置いた。揃えた右手四指と親指とで矢筈《やはず》を隠して持ち、さらに立って足踏みし弓を左膝頭の上に、右手を腰に置く。そのタイミングで二番目の射手が立ち上がる。

「はい、ここで大前が矢を放ち、弦音が聞こえた」

前にいた先輩が言う。それを聞いて、三番目の射手が立ち上がった。

大前は両拳を上にあげて打ち起こしの動作をすると、弓を引かずに離れの形だけを作り、弓倒しをして座る。廊下では実際に射をすることができないし、天井も低くて弓を上げきることができないので、それ以降は省略。これはあくまで入退場の練習なのだ。

「これは、試合というより審査のやり方ですね」

田野倉先生が瑠衣さんに聞く。

「はい、これは段級審査のための練習です。審査では入退場の所作をちゃんとすることが大事なので、こうしてみんなで練習するんです」

「審査を受ける人も多いんですか？」

「はい。赤星先生はなるべくみんな受けろ、と言ってますし、試合よりもそっちを目標にしている生徒も多いですから」

「試合よりも？」

思わず私は聞き返す。運動部ならみんな、試合で勝つことを目標にしている、と思っていたのだ。その気持ちを察したのか、瑠衣さんは薄く微笑む。

「もっと強豪校なら違うんでしょうけど、うちの場合はそうなんです。試合で活躍できるのは一部の子だけですし、ほとんどの子は出場したとしても四射しただけで終わってしまうから、あっけない。それを目指すという感じにはならないんです。その点、段級審査なら、それぞれの頑張りがちゃんと反映されるので、目標として設定するのにはいいと思います」

「そうなんですね」

「それに、これは私が勝手に思っていることですが、弓道って誰かに勝つためにやる競技ではないと思うんです。結局、自分自身をみつめ、自分を鍛える。そのためにやるものだと思う。成績はその結果としてついてくるものだから、勝てばもちろん嬉しいけど、いちばん大事なことではない」

思わず瑠衣さんをみつめた。自分と同い年の少女が、そんな深い思いで弓道をやっているとは。私とは全然違う。

「素晴らしいです！」

突然、声をあげたのは、入部したてのカンナだった。

「それこそ、鉄砲が出てきて武器としての役割を終えても、弓道が生き残った理由だと思います。弓と向き合うというのは、自分を鍛えるということと同じ。まさにサムライの精神ですね」

感動したカンナは瑠衣さんの両手を握って、ぶんぶん上下に振り回した。

「は、はあ」

完全に瑠衣さんは引いている。

「こちらの学校の皆さんは、みんな瑠衣さんみたいなお考えなんですか？」

カンナは目をきらきらさせて聞く。一方、瑠衣さんの答えは素っ気ない。

「いえ、それぞれです。この学校には弓道場がないので毎日練習はできないし、弓道場も遠いから、練習時間を早めに切り上げる人もいる。なので、部への関わり方もそれぞれです。ふつうの運動部より楽そうだから参加したとか、友だちができればいい、という子もいるし、上手くなりたい、ちゃんと弓道というものを極めたいと思う子もいる。みごとにバラバラです。こういう部はちょっと珍しいかもしれない」

「そうなんですか」

カンナはしょげたように手を引っ込めた。

「どんな部活でも同じだと思いますが、自分で目標を決め、それに向かって努力できる人間が上達します。だけど、ほかのスポーツと違って弓道は何か技を習得したとか、タイムが速くなったというような目に見える進歩はなかなかありません。的中数だけ競えば、若くて勢いのある者がベテランを上回るようなことはしばしばある。何を目標とするか、どんな射をしていくかは、自分自身で決めなければなりません。きわめて内向的なものだと思うのです」

内向的？　私はどうだろう。

私自身は、自分で目標を立て、鍛錬するようなタイプだろうか。

ただ的に矢を中てる、それが楽しくてやっているだけなのに。

「それにしても、廊下で練習するってすごいですね」

田野倉先生が瑠衣に言う。

「ほんとは教室を使えればいいんですけど、使用が許されているのは赤星先生が担任をしている3－Aだけなんです。それで仕方なく」

「いえいえ、どこでも練習場所にしようとする気概は、素晴らしいと思いますよ」

そんな話をしていると、廊下で練習していたグループが終わり、次のグループと入れ替わることになった。

「じゃあ、次に行きますか？　ごめん、ちょっと通して」

瑠衣さんが練習していた生徒たちに声を掛けると、彼らは端の方を空けた。「すみません」と言いながら、私たちは通り過ぎた。そして、廊下のいちばん端にある教室の前に来た。

「こっちは邪魔すると悪いので、窓から中を覗いてみてもらえますか？」

瑠衣さんに言われて、みんな廊下に面した窓から教室を覗いた。黒板の前でひとりの男子生徒が立って、何かを熱心にしゃべっている。それを椅子に座った十数人の生徒たちが聞いている。真面目にメモを取りながら耳を傾けている生徒もいれば、気が乗らないのか窓の外をぼんやり見ている生徒もいる。ふつうの授業と変わらない光景だ。黒板には『射法八節の重要性』と書かれている。

「これは?」

「座学のグループです。弓道について調べたことをみんなに聞かせる、というものです」

「その日のテーマは誰が考えるんですか?」

「発表者が自分で考えます。弓道は、ただ漠然と矢数をかければ上手くなるというスポーツではないので、自分なりに上達法を考えたり、動作の意味合いを理解したりするということも大事です。なので、自分でテーマをみつけて、考える訓練をするのがこの時間です」

「それはすごい。運動部とは思えない」

賢人が感嘆の声を漏らす。言葉には出さないが、私も同じことを思った。

「そんなことないですよ。段級審査には学科試験もあるでしょう?　その訓練にもなるし」

瑠衣さんは当然のこと、というような顔をしている。

「それに、毎回みんな違うことを考えてくるので、面白いです。今日の発表は、わりと王道な感じですが、『弓道と弓術はどう違うのか』とか『明治における弓道の衰退と復興』なんてことを調べてくる人もいるし」

「発表者は誰が決めるんですか？」

「やりたい人が自発的にやることになっています。強制ではないんですけど、しばらく発表しないでいると『そろそろあなたがやれば』みたいな空気になる感じはあるかな」

「じゃあ、みんな、自主的にやるんですね。すごいなあ」

感嘆する以外、何ができただろう。自分が何か弓道について語れと言われたら、語れることはあるだろうか。ここでは自分と同じ二年生が、後輩に実技を教えたり、知識を授けたりしている。弓道会では弓歴が浅いし、年齢も若いからと、ずっと大事にされてきた。教えてもらうのが当たり前で、なんでも受け身でいられた。

だけど、部活で始めたら、そういうわけにはいかない。同じ高校生たちの間では、自分は経験者というだけでまっさらな一年生よりは先にいる。自分が得た知識や技術を分け与えなければいけないんだ。

「やればやるだけ知識も自分のものになるから、やる方がいいと思いませんか？」

さらりと瑠衣さんが言うと、カンナはまたも嬉しそうに声をあげた。

「やっぱり素敵です。そういう考え方。ああ、私も瑠衣先輩と一緒に練習したい」

拝むように両手を組んで、カンナは上目づかいに瑠衣さんを仰ぎ見る。やっぱりアニメキャラみたいだ、と思う。瑠衣さんの方は完全に引いているのか、困ったような顔をして、半歩後ろに下がっている。

「練習するも何も、おまえ、入部したばかりで、練習なんてほとんどしてないじゃないか」

カズがそう言って、カンナの頭を叩くふりをする。

「そうでした」

カンナはてへっ、というように小首を傾げて笑った。これで舌を出したらまさにアニメキャラだと思ったが、さすがにそこまではやらなかった。

「これ、練習時間の間、ずっと同じことを続けるんですか？」

薄井くんが真面目な顔で聞く。自分たちの部活にどうやって取り入れようかと考えているようだ。

「いいえ、三〇分で一区切りです。所作だけ二時間とか、座学だけで二時間では飽きてしまうでしょう？　三〇分したら移動して、別の練習に移ります。二時間で四種類の練習ができるようにしています」

「なるほど。いままで三種類拝見しましたが、あと一種類は？」

薄井くんに聞かれて、瑠衣さんは「こちらです」と、廊下をまっすぐ奥の方へと進んで行く。そのつきあたりに階段があった。

その時、パシンというような音が下から響いてくる。

これは……まさか、弦音？

こんな場所で弓を引いているの？

信じられない気持ちでみんなと一緒に階段を下りて行く。二フロアほど下りた踊り場で、練習している部員の姿が見えた。

「えっ、ここで巻藁？」

賢人が声をあげた。みんなも驚いてそちらを眺める。

通常より広めにとってある階段の踊り場の隅に巻藁が置かれ、その前で生徒が弓を引いている。その傍で、もう一人の生徒がみつめている。順番を待つ生徒たちは、階段に一列に並んで立っていた。

「ここと、もう二階下の踊り場に巻藁を置いて練習をしています。この建物はちょっとデザインが凝っていて、ここと、もう二階下は踊り場が広くなっているんです。だから、巻藁の練習をするのにちょうどいいんです。教室や廊下じゃ、弓が天井につかえてしまうんですが、ここなら大丈夫ですから」

「それは、考えましたね。どんな場所でも練習場になるってことですね」

田野倉先生も感嘆したように言う。

「はい。巻藁練習ができる場所を、我々よりずっと前の代の先輩たちが探したんだそうです。ここなら広さもあるし、放課後は階段を使用する生徒は少ないので、ほかの生徒にもあまり迷惑を掛けずに済む。絶好の場所でしょ？　それで学校に交渉して、週二回、練習することを許可されたんです。ここで練習する時は、安全ということを何より大事にしています」

よく見ると、巻藁の後部と横には畳が立て掛けてある。万一矢が逸れた時のための安全策だ。

「巻藁の練習をする時には、必ず先輩が傍に立って、射る人を見ています。ちゃんと引けているかを見ることと、周りに危険がないか、確認する役割があります」

「なるほど。屋内ですし、安全には一層気をつけないといけないんですね」

薄井くんが言うと、瑠衣さんは深くうなずく。

「もし何か事故でもあれば、屋内での練習は禁止になるかもしれません。みんなそれがわかっているので、細心の注意を払っています」

事故があれば練習禁止。

その言葉に私ははっとした。

もしかしたら、ムサニの弓道部の活動が休止されたのは、何か事故でもあったのではないだろうか？　部員も多く、試合でも結果を出していたのに活動しなくなったのは、活動を禁止されるような何かがあったのではないだろうか？

ふいに沸《わ》き上がったその想いに、私は胸がつまった。

一通り見学させてもらうと、その場から離れ、階段を上がって行った。上がりきったところで立ち止まり、瑠衣さんが私たちに聞く。

「これまで見たところで、何か、質問はありますか？」

「あの、的前の練習はどうやっているんですか？」

賢人が手を挙げて質問した。

「的前は週に二回、弓道場に行った時に練習します。ただ、いまはまだ新入生が入ったばかりなので、彼らはまだ的前に立てません。的前の練習は二年生だけでやります。弓道場でも一年は巻藁や素引きを練習します。弓道場にも巻藁がありますし、学校よりもスペースは広いですから」

「土日は練習しないんですか？」

「月曜日と土日は自主練になります。赤星先生が立ち会わないと、練習できませんから。自主練の日に、近くの弓道場に行く生徒もいます。その時は貸し切りではなく、一般に交じっての練習になりますが」

「あの、新入生はいつから的前に立てるようになるんですか？　また、的前に立っていいかどうかは、誰が見極めるんですか？」

私はこれを聞きたかったのだ。未経験の二年生と経験者の一年生が交じっている私たちは、どういう基準でやればいいのか、まだ混沌としている。二年生は先が短いので、いつまでも巻藁練習をさせていていいのか、という思いもある。

「うちの場合、入部して三ヵ月は的前には立ちません。夏の合宿から新人も的前に立つことになっています」

「経験者でも？」

「はい。全員同じです」

「それはなぜ？」

「三ヵ月は引かないというのは、まず射法八節をちゃんと覚えるため。さらに、弓道に必要な筋力がつくのに、それくらいは必要だと思うからです。経験者には申し訳ないんですが、これだけ人数がいると、個々人に対応するのは難しいですし、部活ですから、最初はみんな同じ扱いでいいんじゃないかと思っています。たった三ヵ月を辛抱できないなら、あとも続きませんから」

「なるほど、論理的だ」

薄井くんも納得したようだ。同じ説明を前に善美が言ったことがあるが、その時はあまり腑に落ちてなかったのだろう。実際に活動している弓道部の部長の言葉だから響いたのに違いない。

弓道に必要な筋力と作法。それを身に付けるまでは、新人は一律に三ヵ月は的前に立たせない。明快だ。

悩んでいたことの解答が得られた気がして、私はほっとした。

「顧問の先生以外に、どなたかの指導を受けることもありますか？」

私はさらに聞いてみた。

「月に二回、範士八段の方に来ていただいて、ご指導をお願いしています。やはり、自分たちだけでは限界もありますし、ご指導を仰ぐことでもっと上達しようという励みにもなっています」

範士八段。すごいなあ。そんな人に見てもらっているのか。

どうやってお願いしたんだろう。私立だから、そういうこともできるのかな。

さらに質問しようかと考えているうちに、次の質問に移っていた。

「筋トレは何をするんでしょうか？」

カズの質問だ。身体つきががっしりしているカズは、筋トレも得意そうだ。

「その時々で違いますが、腕立て伏せと腹筋、それに体幹を鍛える運動は必ずやります。部としてやるのは週三回の学内での練習時間の時だけですが、個人的に体幹を鍛えている人は何人かいますね」

おそらく瑠衣さんもそのひとりに違いない、と思った。彼女は弓道に真剣に打ち込んでいるという気がする。

「弓道って才能は関係ないって言われますけど、上達の早い遅いはありますよね。どういう人が上達するんでしょうか？」

弓道を始めたばかりの薄井くんの質問だ。

「それはたぶん、自分の射形がどうしたらよくなるかを、ずっと考えられる人だと思います。弓道は中ればいいというものではなく、理想の射形を追い求めるもの。何度射ても、自分の理想とする射にはなかなか届かない。だからこそおもしろいし、やりがいもある、そう思える人が上達するんじゃないでしょうか」

それを聞いて、みんなはしんと黙り込んでしまった。瑠衣さんの言葉は深くて、重い。

そこまで深く弓道のことを考えたことはないし、理想の射形を追い求めるなんて、考えたこともなかった。

だが、ふと視線を上げると、善美の顔が見えた。善美は黙っているが、我が意を得たり、というような満足そうな顔をしている。

ああ、善美はそういうことを考えているのかもしれないな。

ずっと隣で練習していたのに、自分とは開きがある気がするのは、そういうことかもしれない。

なんとなく重い雰囲気になったのを振り払うように、瑠衣さんが言う。

「ほかに何かありますか？　なければこれで終わりますが」

「あの」

カンナが珍しく遠慮がちに尋ねた。

「なんでしょう？」

「赤星先生は、どんな先生ですか？　指導者としてちゃんとしていますか？」

赤星先生はカンナのいとこだ。どんな風に仕事をしているのか、個人的に気になるのだ。それまで真面目な顔で答えていた瑠衣さんが、それを聞いて初めて笑顔を見せた。

「いい先生ですよ。年も近いのでフレンドリーだし。弓道場の自由練習の時間には、私たちと一緒になって弓を引くんです」

「えー、そんなのありなんですか？」

田野倉先生が素っ頓狂《すっとんきょう》な声をあげた。

「はい。最初の全体練習の時は、生徒だけで練習するんですが、二時間で一応中締めをします。その後は有志だけ残って射込《いこ》みの練習になります。そうすると、先生も弓道着に着替えて、私たちに交じって弓を引くんです」

射込みというのは、的前で、順番に弓を引くことだ。隣とタイミングを合わせることなく、一手《ひとて》したら、次と交替する。それを繰り返す。

「へえ、お上手なんですか？」

田野倉先生がそう質問した時、赤星先生が教室に入って来た。

「すみませんでした。ようやくこちらの用が終わりました。見学は無事すみましたか？」

「はい、ちょうど先生のお話をしていたところでした。先生も、生徒に交じって練習なさるとか」

田野倉先生が言うと、赤星先生は照れたように頭を掻く。

「ええ、私が部の中ではいちばん上手いですから。調子がいい時は、七割くらいは的中します」

「ほんとですか？」

「すごいですね」

声をあげたのは賢人と私だ。弓道会でもよほど上手い人でないと、七割以上も的中しない。四段以上の実力じゃないと無理だろう。

「そうだよなあ、瑠衣」

「そうですけど、先生はもう五年やってるじゃないですか。上手くて当たり前ですよ」

瑠衣さんは口を尖らす。赤星先生はにやりと笑う。

「まあ、そういうことです。だから自慢するほどのことじゃありませんが」

五年やったら誰でもそこまで上手くなるかと言ったら、そうでもない。弓道会にも五年やっても弐段から上に進めない人はざらにいる。赤星先生という人は、やはり運動神経がいいのだろう。

「翔兄《しょうにい》ちゃ、いえ、赤星先生はずっと野球をやってたのに、どうして弓道部の顧問なんですか？」

カンナが尋ねた。いとこだから、そんなことも知っているのだ。

「確かに、私は中高大とずっと野球をやってきました。ほんとは、野球部の顧問をやりたかったんですが、ここに赴任したら、弓道部をやれって言われたんです。で、まあ、ただ見ているだけじゃつまらないから、自分もやってみることにしたんです。そうしたら、すっかりはまりました」

「なるほど、ずっと野球をやってきたから、体幹もしっかりしているし、運動神経もいいんですね。それで上達も早いんだ。僕も高校三年間弓道をやっていましたが、ちっとも上達はしませんでしたよ」

田野倉先生は冗談交じりに言ったのだが、赤星先生は少し困惑したような顔になった。

「確かに、私は順調に上達したので、弓道がおもしろいと思えたけど、真面目にやってもなかなか上達しない生徒もいますね。なぜできないのか、私にはわからない。そういう子にとっては、弓道はあまりおもしろいと思えないかもしれませんね」

「それはやる気の問題でしょ。なぜ自分が上達しないのか、ちゃんと見極めて、努力するのは本人自身の問題ですから」

瑠衣さんがぴしりと言う。突き放すような言い方に、私はちょっと驚いた。やっぱり六〇人もの部員を率いる部長は、性格がはっきりしているんだな。

「まったく、瑠衣は厳しいなあ」

「弓道は練習さえすれば、ある程度結果はついてきます。そうならないのは、練習が足りないか、間違った練習を重ねているかのどちらかですから」

そう言いきれるのは、瑠衣という少女がちゃんと努力して、順調に上達しているという自信からなのだろう。

だけど、練習量に応じて上手くなるか、と言ったら、そうとは限らない。弓道会でも、上達の早い遅いはやっぱりある。同期の小菅さんは年齢的な問題もあるかもしれないけど、始めて一年経っても、ほとんど矢は中らない。小菅さんは私よりずっと真面目に練習に通っているのだけど。

「その通りだけど、やれる人間とやれない人間がいるんだ。モチベーションも人によって違う。そこは理解してやらないと」

「わかっています。先生だから言うんです。みんなの前では言いません」

瑠衣さんはいたずらっぽい目をして笑った。

瑠衣さんと赤星先生のやり取りを見ていると、仲の良さがわかる。赤星先生はいつもこんな風にフランクに生徒と接しているのだろう。でなければ生徒に交じって練習するなんてことはできない。

「まあ、こんな感じで練習していますが、参考になりましたか？」

赤星先生が私たちに問い掛けた。

「はい、とても」

「すごく参考になりました」

「いろいろ見せてもらって、本当によかったです」

みんな口々に感想を言う。私もそれに続ける。

「すぐにも、練習がしたくなりました」

赤星先生も瑠衣さんもにこにこしながら私たちの感想を聞いていた。

「皆さんの参考になれば嬉しいです。いつかまた試合でお目に掛かりましょう。どうぞ、部活、頑張ってください」

瑠衣さんにそう言われて、私たちは一斉に「はい！」と返事をした。

ほんとに、どこかの試合会場で会えるといいと思う。いや、同じ東京だもの、きっとどこかの会場で会うだろう。

瑠衣さんはどんな射をするのだろう。きっと、弓を引く姿もカッコいいだろうな。

その時は私も恥ずかしくないような射をしたい。

少しごたごたしたけれど、改めてやる気が蘇ってきた。新しい部、これからみんなで頑張るんだ。

明日から練習を頑張ろう。

同じ年代の生徒たちが校内のあちこちで練習している姿を見て、身体の奥から力が湧いて来た。わくわくするような、身体の中が熱くなるような感じだった。

9

西山大付属西山高校に見学に行ったおかげで、練習方針が固まった。練習日は月、水、金。晴れている日は屋上でやる。最初の三〇分は所作や歩き方、素引きをする。それから、未経験者三人は射法八節の練習。経験者の三人が順に彼らを指導しながら、同時に的前で練習する。雨の日は廊下や階段の踊り場で素引きや筋トレをする。それに、雨の日は座学もやることにした。何かひとつテーマを決めて、発表しあうのだ。それも弓道を深く学ぶためにはいいことだと思う。

二年なのに一年と一緒に練習することに薄井くんが抵抗するかと思ったが、

「来年からは、一年と二年で練習を分けることができるけど、今年はイレギュラーだから学年で分けるのは無理だね」

と、素直に納得したので安堵《あんど》した。薄井くんはどうやらプライドが高い。そこは傷つけないようにしなければ、と思う。

「夏休みまでは、基礎練習ですね。基礎は大事だから、頑張ります！」

カンナは前向きだし、カズも素直に練習に励んでいる。

カンナが入部してくれたのは、ほんとによかったと思う。明るいし、ちょっと変わっているが、ムードメーカーだ。賢人と薄井くんの間に衝突が起こりそうになっても、カンナが何か言って笑わせてくれたりする。部長としては、とてもありがたい。

素引きとゴム弓の練習を繰り返し、新人三人が射法八節を覚えると、巻藁での練習を始めることにした。その日は私が新人の練習を見る番で、私も田野倉先生の傍に立っていた。

田野倉先生は赤星先生に刺激されたのか、自分でも一緒に弓を引くようになった。今日も弓道着を着て、自分の弓を持っていた。練習を始めてすぐにカズの射を見て、田野倉先生が言った。

「その弓何キロだ？」

ふいに田野倉先生がカズの動作を止めて、話し掛けた。

「えっと、一〇キロです」

一〇キロといっても弓の重さではない。引く力がどれくらいかを示すものだ。数字が大きいほど、弓を引くのにそれだけ力を必要とする。

「もっと引けそうだな。えっと、楓の弓は何キロだっけ？」

「一二キロです」

「ちょっとカズに貸してもいいか」

「はい、どうぞ」

私が渡した弓を、カズは受け取った。そして、巻藁専用の矢を取り、私の弓を引き絞《しぼ》る。確かに、弓力を上げても、カズは力むことなくゆうゆうと引くことができた。

「まだ上げてもよさそうだな。俺の弓を使ってみるか？」

「ありがとうございます」

そう言いながら、カズは私に弓を返し、田野倉先生から弓を受け取った。そして、二、三度素引きすると、巻藁の前に立って、弓を引いた。二メートルほど先の巻藁に、矢はざっくりと突き刺さる。

「おまえ、体幹強いなあ。一四キロでも十分引けるんじゃないか。中学時代、何か運動をやっていたのか？」

「小中学は、地元の柔道教室に通っていました」

「ああ、それで体幹鍛えられているんだな。でも、どうして柔道部に入らなかった？」

「柔道はもういいかなって。柔道部って、いかにも体育会系っていう指導者も多いし、先輩後輩の関係がめんどくさいから」

いつも明るいカズが、珍しく投げやりな口調だ。

「まあ、なんでもいいけど、今日から俺の弓を貸してやる。これを使え」

「いいんですか？」

カズの顔がぱっと輝いた。

「弓が弱すぎても、事故の元だ。引きすぎたりすることもあるからな。俺の方は逆に弓力落ちているから、もっと軽い弓を買い直そうと思っていたんだ。高校時代のようにはいかないね」

「ありがとうございます！」

「まあ、そのうち自分に合った弓を買えよ」

カズの後、カンナが巻藁の前に立って、弓を引いた。

「カンナも、もっと引けそうだ。それ、何キロ？」

「九キロです」

「カズが引いていたのが一〇キロだったっけ。そっちで引いてみろ」

カンナは一〇キロの弓を受け取ると、巻藁の前で難なく弓を引いた。

「うん、一〇キロで大丈夫そうだ。今日からそっちを使え」

「はい！　ありがとうございます」

カンナはいつものように元気に返事をする。

「先生、僕も見てください」

ふたりに刺激されたのか、薄井くんも田野倉先生に自分から申し出る。

「いいよ、やってみろ」

薄井くんは巻藁の前に立つと、射法八節に則って、正しい姿勢で構えた。最初の足踏み、胴造り、弓構《ゆがま》えまでは正しい姿勢で行っている。家で練習しているのだろう、カズやカンナよりきれいだ。しかし、打ち起こしになるとダメだった。両方の肩が上がっている。さらに引き分けになると、十分引ききれずに矢を放っている。

「うーん、薄井は逆に弓力下げた方がいい」

「えーっ、下げるんですか？」

薄井くんは不服げな声を出した。

「いま何キロだ？」

「一〇キロです」

「じゃあ、カンナが使っていた九キロを使ってやってみろ」

カンナから弓を受け取ると、薄井くんは再び巻藁の前に立ち、同じ動作を繰り返した。

まだ肩は上がっているが、今度は十分引き分けることができている。

「やっぱりこっちだな」

「えーっ、僕だけ下げるんですか？」

口には出さなかったが、女子より弱いということが嫌なのだろう。

「自分の力より強い弓を引いてもいい形では引けない。特に最初のうちは軽い弓で、正しく引くことを覚えた方がいい」

「だけど……」

薄井くんは納得できないのか、口元を不機嫌そうにへの字に歪めている。

「楓はどう思う？」

「えっ、ええ。確かに九キロの方が引けていると思います。でも、すぐに一〇キロも引けるようになると思うし」

薄井くんを傷つけないように、もたもたと意見を言ってると、カンナが口を挟んだ。

「私、中学時代は体操部だったんです。だから、私も体幹強い方だと思うんです。私の方が弓力強くても、気にすることはないですよ」

カンナはフォローしたつもりのようだが、逆に薄井くんは悔しげに唇を嚙《か》んだ。自分は鍛えていないということを指摘されたような気がしたのだろう。

「そういえばカンナ、体操部だったんだね」

私は重くなった空気を変えようとして、カンナに話題を振った。

「中学には弓道部がなかったんですよ。それに私、バク転をやってみたかったんです」

「バク転？」

「ほら、忍者がよくやってるじゃないですか？　あんな風にぴょんぴょん身軽に身体を動かしたいと思ったんです」

「ええっ、それで？」

カンナの考えはよくわからない。サムライが好きみたいだけど、忍者も好きっていうこと？

「おまえ、変わってるなあ」

田野倉先生も呆れたような声を出す。

「そうですか？　忍者みたいに動けたらいいと思いません？」

「いや、だからと言って、体操部に入ろうという発想がさ、変わってる」

「そうですか？」

カンナは小首を傾げた。何がおかしいか、ほんとにわかっていない、という顔だ。

それを見て、私は吹き出した。

この子は黙っていればかわいいのに、ほんと、変わっている。不思議キャラだ。

田野倉先生も笑っていたが、薄井くんだけはカンナの言葉が耳に入らないかのように、黙って下を見ていた。その顔が暗いので、なんとなく気になった。

善美と賢人と私は、新人の面倒をみながら、的前で練習する。取り付けた的はひとつ。まだ的を置けるスペースはあるが、的を使うのは当面三人なのでこれで十分だろう、とみんなで決めたのだ。

だが、屋上なので、ふつうの弓道場のような射場の高さがない。それに、足袋だけでは危ないので、靴を履いている。足の裏の感覚がいつもとは違う。そのせいか、もうひとつ調子が出ない。いつもの神社の弓道場で練習する時より中りが出ない。

あれ、しまった。

引き分けの姿勢を取ろうとして、矢がずれ、弓手《ゆんで》（左手）のところから落ちそうになった。

いけない、いけない。

引き分けの姿勢のまま、馬手《めて》（右手）と顎《あご》を微妙に動かして、矢を元の位置に戻す。カンナたちに見られていると思うと恥ずかしい。なんとか元の姿勢に戻すと、矢を放つ。当然のように、矢は的を外れた。四射して一度も中らない。それで、的前を善美に譲り、巻藁のある方へ歩いて行くと、

「楓先輩、血が」

と、カンナが近寄って来た。そう言われて左手を見ると、親指の付け根に血が滲《にじ》んでいる。おそらく矢が擦《かす》ったのだろう。

「大丈夫。そんなに痛くないから。よくやることだし。ティッシュで押さえとくから大丈夫だよ」

「待ってください」

カンナは屋上の隅に置いてある自分のバッグのところに走って行った。そして、何かを取って戻って来る。

「これ、使ってください」

ウサギのキャラクターのイラストのついた絆創膏《ばんそうこう》だった。

「ありがとう。これ、持ち歩いているの？」

「はい。体操部だった時は、よく擦り傷をこしらえていたので、それで」

「じゃあ、ありがたく使わせてもらうね」

自分も最近練習中によく擦るけど、絆創膏なんて持ち歩いていないな。そう思いながら絆創膏を傷口に当てていると、スタン、といい音がした。

善美の矢が的の真ん中に中ったのだ。

あいかわらず上手いなあ。

善美と同じ頃に弓道を始めたし、練習量もそんなに変わらないはずなのに、善美の方が確実に上達している。

二射目、三射目と善美は冷静に引き続ける。矢はまっすぐに飛んで的を射る。

四射目も的に中ると、カズと薄井くん、カンナはパチパチと拍手した。皆中《かいちゅう》だ。私はまだ経験ないけど、善美は確かこれが四回目のはずだ。

「弓道では、中っても拍手はしないんだよ」

弓道会で教えられたことを、私はそのまま二人に話す。中る中らないということで、こころを乱さない。弓道はそういうものだ、と弓道会の前田さんが言っていた。

「えっ、だけどネットで高校の大会を見てたら、拍手や掛け声もありましたよ」

カンナが不服そうに言う。カンナはネットサーフィンして、情報をあれこれ仕入れているのだ。

「えっ、そうなの？」

試合だとそうなのだろうか？　練習の時はもちろん、段級審査の時だって、中っても何も声は掛からなかった。

「先生、どうなんですか？」

カズが後ろの方に立って、退屈そうに見ていた田野倉先生に声を掛けた。

「えっ、ああ、高校弓道の場合は、中ったら掛け声掛けたり、拍手したりするのはふつうにやってるね。学校ごとに掛け声が違っていて、『しゃっ』とか『よしっ』とか、いろいろあるよ」

「そうなんですね。知りませんでした。弓道会では、声を出さないのがふつうなので」

高校弓道というのは、弓道会のやり方と違うところもあるらしい。みんなの手前、知らなかったことがちょっと恥ずかしかった。

10

そうして練習が軌道に乗ったと思ったら、すぐに梅雨の季節が訪れた。弓道部のみんなは四階の教室から外をぼんやりと眺めている。まだ三時過ぎだというのに、空は厚い雲に覆われていて薄暗い。梅雨の雨は蕭々《しょうしょう》と降り続けていて、いつまでもやみそうにない。

「今日もまた、廊下で所作の練習かあ」

賢人が愚痴っぽい口調で言う。雨はもう二週間続いている。屋上は使えないし、体育館はバスケ部やバレー部、ダンス部などがひしめいている。体育館の外階段では演劇部が発声練習をし、渡り廊下では野球部が筋トレをしている。以前から活動しているクラブは、雨の時の練習場もすでに確保していた。

「なんか、飽きたな。ほかのこともやりたいね」

毎日毎日所作の練習とゴム弓、筋トレでは欲求不満が溜まる。屋内では練習できる場所がないので、巻藁もできない。田野倉先生も、『雨の日はおまえらだけでやれ』と言って、立ち会ってくれない。

「今年の梅雨は長いんだって。梅雨が明けるまで練習お休みかな。弓道場のある学校はいいなあ。雨だろうとなんだろうと関係なく練習ができるもんね」

「それを言ったらおしまいだよ」

私は賢人に注意した。

「はじめから弓道場がないことを知ってて始めたんだし。それに、先輩たちだって、弓道場なくても頑張っていたんだから、私たちもできないことはないはず」

「そうですよ、あの西山大付属の人たちだって、廊下や階段で練習してたじゃないですか。私たちも工夫して練習しましょう」

カンナがみんなを励ますように言う。

「誰か、座学の発表ができる人いる？」

私がみんなに聞いた。みんなは首を横に振る。

「僕は一応、用意しているけど……」

薄井くんが遠慮がちに言う。

「だけど、薄井くんばかり発表っていうのもね」

座学の発表については、強制ではなく自主的にやろう、ということにした。だけど、実際に準備してきたのは、私と薄井くんとカンナだけ。私とカンナは一回、薄井くんが連続で三回発表している。

「やっぱり順番を決めた方がいいね。同じ人ばかりになっても困るし」

私が言うと、カズが愚痴った。

「座学をやれるほど、俺ら知識ないしさあ。課題をみつけるのもひと苦労だよ」

「だからこそ、やる意味があるんだよ、きっと。弓道には理論も大事だし」

薄井くんが、カズを諭すように言う。

「理屈ばかり先行してもダメ。まず身体がちゃんと動かなきゃ。ちゃんとした射を身に付けなきゃ。理屈はその後についてくる」

賢人がそう言って反対する。名指しはしないが、理屈ばかり先行する、というのは薄井くんへのあてつけだ。それには気づかないふりをして、私はみんなに言った。

「前から考えていたんだけど、座学の課題ってもっと気楽に考えればいいと思う。たとえば、今年の初段の筆記試験の予想問題をそのままやってみるとか」

「初段の予想問題って？」

薄井くんが尋ねる。

「段級審査の筆記試験は射技と理念、それぞれ一問ずつ出されるけど、毎回事前に問題の候補がいくつか発表されるんだよ。実際に出題されるのはそのうちのひとつずつだけ。問題の答えは発表されない。だから、試験を受ける時にはみんな、あらかじめ解答を考えておくんだ」

「それと座学の課題がどう繋がるの？」

段級審査を受けたことがない薄井くんは、ぴんときてないようだった。

「たとえば、その五つの予想問題の中からひとつを選んで、自分なりに答えを考え、それを座学の時間に各自発表するの。それだと、段級審査のための下準備にもなるし、いいんじゃないかな」

「あ、いいですね。段級審査の試験勉強も兼ねて一石二鳥ですね」

カンナがいちばんに賛成する。

「弐段の問題でもいい？」

珍しく善美が私に質問をする。

「もちろん。私もやるなら弐段のをやりたい。次に受けるのは弐段だから。賢人だったら参段だね。それだったら、後々役に立つし、やりがいもあるし」

「確かに。参段受ける時の下準備と考えれば、それもありだね」

賢人もようやく納得したようだ。

「じゃあ、とりあえず次回からは座学も順番を決めてやろう。私と薄井くんはやったから、次は善美」

「私？」

「一応、二年だし。その次は賢人、最後がカズ。それから二年に戻って、私、薄井くん、善美、カンナ、賢人、カズでどうかな」

「うん、まあ、いいけど」

賢人が言う。

「六人だとすぐに回って来るなあ」

愚痴るカズを私はなだめる。

「まあ、雨の日だけだから。それに、そのうち全員が市の弓道場を使えるようになったら、雨の日はそっちに行ってもいいし」

「年中梅雨ってわけじゃないですから」

カンナが明るく言う。

「で、今日はどうする？　また、僕が発表する？」

薄井くんが尋ねる。

「うーん、それしかなさそうね。じゃあ、みんなこちら片付けて、部室に移動しよう」

座学は部室でやることになっている。いまのところ人数が少ないので、それでもなんとかなっている。だが、部員が増えたら、座学のための場所を確保しないといけないだろう。

田野倉先生の担任の教室とか、使わせてくれるかな。

そんなことを考えながら、だらだらみんなで固まって歩いている。ふと、廊下の先の方から柔道着を着た大柄な男子が歩いて来るのが見えた。大股で、ここは自分のテリトリーとでも言うように、廊下のど真ん中をのしのしと歩いている。前を歩いていたカズがなんとなく賢人の陰に隠れるように、廊下の端の方に移動した。だが、相手はそれを見逃さなかった。距離が近づくと、カズに向かって話し掛けてきた。

「カズじゃないか。おまえその格好、何やってるんだ？」

相手はからかうような、ちょっと馬鹿にしたような口調で言う。

「俺、いまは弓道部なんです」

カズは聞かれたから仕方なく、という感じで答えた。

「弓道部？　うちにそんな部活あったっけ？」

「ずっと休部になっていたけど、今年から再活動したんです」

「ふうん、じゃあ、まだお遊びみたいなもんだな」

「いえ、真面目にやってますけど」

「だって、そんなんじゃ、どうせ試合に出ても一回戦負けだろ？　弓道場もないし、まともに練習できないじゃないか。なんでおまえがそんな半端な部活を選んだんだ？　なぜ柔道部に来ない？」

相手は揶揄《やゆ》するようにカズを見ている。

「それは……その理由は、あなたがよく知ってるじゃないですか」

「どういうことかな？　俺にはわからない。俺はきみたち下級生にはよくしていたつもりだけど」

カズは黙っている。無言の反論のように見える。

それで男は焦《じ》れたように言う。

「あれは俺には関係ない。それはわかってるだろ。おまえとはせっかく学校でも先輩後輩になれたんだ。仲良くやろうよ」

「俺は……もう、弓道部員ですから」

「そんなできたばかりの弱小部でおまえ、満足なのか？　高校生活はたった三年しかないんだ。そこでも活躍して、名前を残そうと思わないのか？　おまえが来てくれたら、うちの部はもっと強くなれる。インターハイ出場だって夢じゃない」

私は思わずカズを見た。カズは、そんなに期待される選手だったんだ。

「俺、もう柔道はいいんです。たまたま慎吾《しんご》に誘われて始めただけで、もともとそんなに長くやろうと思っていなかったし」

それを聞いて、私はちょっと不安になった。カズは弓道も賢人に勧められて始めたと言っていた。もし、何かあったら、すぐにやめてしまうのではないだろうか。

「もったいないなあ。おまえは柔道に向いている。弓道なんかより、ずっとずっと。それに小学校からずっと続けて来たんじゃないか。いまさらやめるなんてもったいないよ」

「そんなこと」

話に割って入ったのは、カンナだった。

「カズくんは弓道だって才能あります。きっと弓道でも活躍できると思います。そんな風に、カズくんを甘く見ないでください」

「なんだ、おまえ」

「カズくんの部活仲間の山田カンナです」

勇気あるなあ、と思う。こんないかつい男に平気で言い返すなんて。

「たかだかひと月やふた月のつきあいで、カズの何がわかるわけ？　俺らはざっと一

○年のつきあいなんだぜ」
「関係ないじゃないですか。いくらつきあいが長くても、親しかったわけじゃないし」

カズが不愉快そうに言う。

「そうですよ。短くったって、気持ちが通じることはあります」

カンナが言うと、男はおもしろそうに言い返す。

「へえ、あんたらはカズと気持ちが通じ合っているわけ？」

「それは……」

カンナはたじろぐ。まだつきあいは浅い。さすがのカンナでも、気持ちが通じ合っている、とは断言できないだろう。

「え、どうなんだ？」

男がカンナを威嚇《いかく》するようににらんだ。まずい、ここは私がカンナをかばわないと。

「あの……」

私が話そうとすると、男はなんだ、と不愉快そうな目を向けて来た。

「私、弓道部の部長の矢口です」

「ふうん」

女か、とでも言いたげな目でこちらを見る。その高圧的な雰囲気にのまれそうになるが、ぐっとこらえた。

カンナだって男に言い返したのだ。私にできないはずがない。

「昔はどうあれ、いまのカズは私たちと一緒に弓道をやりたい、と言ってくれています。みんなで新しくできた弓道部を守り立てて行こうとしているんです。なので、そっとしておいてください」

これだけ言うのが精一杯だ。心臓がドキドキしている。おそらく周りにみんながいなければ、こんな風には言えなかったと思う。

「弓道ごっこか。まあ、いいさ」

あざ笑うように言うと、男はカズの方を見た。

「いまは弓道ごっこが面白いかもしれないけど、飽きたらいつでも言いな。こっちはいつでも大歓迎だ」

それだけ言うと、男は去って行った。廊下の先を曲がって男の姿が見えなくなると、カンナがカズに尋ねた。

「誰、あの人？」

「前に通っていた柔道教室の先輩」

「感じわるいね」

「嫌な思いをさせて、ごめん」

カズはカンナと私の方を交互に見ながら言った。

「いいよ、ちゃんと『自分は弓道部だ』って言ってくれたし。飽きたなんて言わずに、ずっと続けてくれるよね」

私が確認すると、カズは吐き捨てるように言った。

「飽きるなんてないですよ。万一飽きたとしても、柔道に戻るつもりはない」

「ならいいけど」

「カズくんは柔道でも強かったんだね。どれくらい強かったの？」

カンナが興味津々という顔で尋ねた。カズは無表情で答える。

「一応、都大会優勝というのが最高成績だった」

「都大会優勝！　すごいじゃん」

声をあげたのは賢人だ。賢人は友だちだというのに、そんな肝心なことも知らなかったのか、と私は思った。

「そりゃ、柔道部に入れって言われるわ。よくまあ弓道部に変わろうと思ったね」

薄井くんが感嘆したように言う。まったくその通りだ。なぜ柔道を続けなかったのだろう。

「それって実は小学校の時の成績なんだ。その頃は背も高い方だったし、センスだけでそれなりにできていたんだけど、長くは続かなかった。結局中学に入ったら、俺より真面目で、練習熱心なやつの方が伸びてくる。身長でも柔道の成績でも周りにどんどん抜かれて、八位入賞もおぼつかなくなった。だけど、なまじ過去の栄光があるから、周りは俺に期待する。小柄なら小柄なやつの闘い方があるとプレッシャーを掛けてくるし、嫌いな寝技をもっと練習しろ、と畳に押し付けられる。高校も柔道の強い学校に行けって言われるし、なんだかもういろいろと嫌になった。だから、柔道は中学ですっぱりやめると決めたんだ」

いつも笑っているようなカズの顔が、つらそうに歪んでいる。

きっとほんとは柔道が大好きだったんだろう。だから一〇年近くも続けられたんだ。

それをやめようと思ったのは、好きという気持ちを失ってしまうくらい嫌な出来事があったにちがいない。

「いまの人、『あれは俺には関係ない』って言ってましたけど、どういうことなんですか？」

またも空気を読まないカンナが、あけすけな質問をする。カズが語らなかったというのは、語りたくない嫌な思い出だからに違いないのに。

「おまえなあ、そんなこと、どうでもいいだろ。ちょっと無神経すぎ」

賢人がカズの代わりに言う。すると、今度は薄井くんが横から口を挟む。

「無神経って言うのも、言い過ぎじゃないか？　カンナはあの嫌なやつからカズをかばったんだし、ちょっとくらい知りたいと思ったって、不思議じゃないだろ」

「それはおまえに関係ないだろ」

「おまえこそ」

まるで子どもの喧嘩だ。このふたりは、まるで反撥するチャンスを狙っているみたいに、何かあると互いを非難する。

「やめてよ、ふたりとも。つまんないことで喧嘩しないで。そんなことより、カズが弓道を選んでくれてよかった。仲間になってくれて嬉しいよ」

私が言うと、賢人も気持ちを切り替えたようにカズの方を見た。

「よく俺の誘いに乗ってくれたよな。俺、全然知らなかったから平気で誘ったけど、柔道でそんなに頑張っていたって知ってたら、誘えなかったよ」

「いや、おかげで助かった。柔道をやめたいと思っていても、ずっとそれしかやってこなかったから、正直やめるのが怖かったんだ。賢人に言われて、高校から新しいスポーツを始めるって選択もあるって、初めて気づいたんだ。誘ってくれたのは嬉しかったし、それで、弓道部に入ることにしたんだ」

「なんだ、俺が語った弓道のすばらしさに感銘受けたわけじゃなかったんだ」

賢人が不満げに言う。

「うん。いま考えたら、ラグビーかアメフトでもよかったかも。そっちも高校から始めるやつは多いし、柔道でやってたことを生かせたかもしれない」

「もう遅いよ。それにうちはラグビー部もアメフト部もないし」

「そういうこと。だから、当分弓道部で頑張るよ」

賢人と軽口を叩いているうちに、だんだんカズはいつもの顔に戻っていった。

「そうそう、カズくんはもはやうちの部には欠かせない人間ですから。高校の間は弓道をやめないでくださいね」

カンナが言うと、カズは笑ってうなずく。

「うんまあ、弓道も結構気に入っている。自分のカケも買っちゃったし、当分は続けるよ」

「カケ、高いもんな。僕も、もとを取るまではやめないよ」

薄井くんも話に加わる。ようやく部の雰囲気が和んだので、私はほっとした。

部長って、部の人間関係の仲裁役も仕事なんだな。というか、それがいちばん大きな仕事なのかも。やっぱり苦手だなあ。

みんないつも仲良くしていればいいのに。

梅雨冷えの廊下はじめついていて、濡れたように光っている。音楽室からは軽音部の調子はずれのベースの音が響いていた。


薄井くんの座学の発表が終わると、その日の練習はそれで終わることになった。

「これで当分練習はお休みだね」

薄井くんが突然言い出したので、私は聞き返した。

「どうして？」

「再来週から期末テストだもん。テスト前一週間は部活禁止だろ？」

「あ、そうか、忘れていた」

高校に入って私はずっと帰宅部だったので、その規則を失念していた。

「テストが終わればすぐに夏休み。夏休みの練習をどうするかもそろそろ考えなきゃね。ふつうの部活なら合宿とかやるんだろうけど、我々にはそんな伝手《つて》もないからなあ」

「あの、私、夏休みの後半は練習に来られないと思います」

部活に熱心なカンナらしからぬことを、突然言い出した。

「何かあるの？」

「はい。私、八月はロスアンジェルスの祖父のところで過ごすことになっているんです」

カンナの『ロスアンジェルス』という発音が、やけに本場っぽい。

「ロサンゼルスの祖父？　カンナのおじいちゃんはアメリカ人ってこと？」

声に出したのは賢人だったが、みんな一様に驚いている。

「祖父だけでなく、母もアメリカで生まれ育っています。母は日本人の父と結婚したので、いまは日本の国籍を取得していますが」

「カンナ、ハーフだったんだ」

賢人がカンナの顔を見ながら言う。

「そういうことになりますが、ハーフという言葉はあまり好きではありません。なんか、自分が一人前じゃないみたいで」

カンナは落ち着いて微笑みさえ浮かべているが、こちらはちょっと気が咎《とが》める。ハーフという言葉は日常的に使っているからだ。

「すまん。考えなしに使っていた」

賢人は素直に謝った。

自分だってつい言ったかもしれない。

こっちは悪意が無くても、本人たちにとっては嫌だろう。言葉って難しい。

「母はもう日本国籍を取得しているし、私自身は自分をふつうに日本人だと思っています」

カンナは言いなれたことを繰り返すという口調だ。きっと何回も同じことを周りに主張してきたのだろう。

「前に会った、いとこの赤星先生は？」

「彼は父の妹の子どもです。アメリカには無関係」

なるほど、それであまり似ていなかったのか。

「じゃあ、カンナは英語をしゃべれるの？」

「ええ。どちらかといえば日本語の方が得意ですが」

「えーっ、そうなんだ」

ちょっと意外だった。外見が日本人離れしていても、ずっと日本にいて、日本語しかしゃべれない人もいる。達者な日本語をあやつるカンナも、そういうタイプなのかと思ったのだ。

「私、生まれたのは日本ですが、八歳から一二歳までニューヨークで過ごしたんです。現地の学校に入れられたので、周りは全部英語。なので、必死で覚えました」

「そういう環境なのに、忍者とかサムライとか、日本的なものが好きなんだね」

カズが不思議そうに尋ねた。カンナはそれを聞いて、うっすら笑みを浮かべた。

「それが現地の学校で生き残る術《すべ》でしたから」

「どういうこと？」

「うちの両親は私を日本人学校ではなく、現地の小学校に入れました。子どもだからすぐに馴染《なじ》むと思ったんですね。だけど、英語もろくにしゃべれないし、何を話していいかわからなくて、ずっと黙っていたんです。そんな私に、隣の席の男の子が話し掛けてくれたんです。『日本には今も忍者がいるって本当？』って。その頃、忍者もののアニメが放映されて流行っていた。それで、日本といえば忍者、と考えたのだと思います」

「それで、なんて答えたの？」

私が聞くと、カンナはまた笑みを浮かべる。

「もちろん『いないよ』と答えました。すると、『どうして？』ってまた聞かれました。まだ小学三年生だった私には、それに答えることができなかったんです。それで、家に帰って父に聞いたり、本やネットで調べました。それを両親に手伝ってもらって英訳して、隣の席の男の子に伝えたんです。そうしたら」

「そうしたら？」

私は先を促す。カンナの声はいつもより低い。いつものアニメキャラみたいな感じではない。

「そうですね、直訳すれば『すごい！　教えてくれて、僕はとても嬉しい』って感じでしょうか。お礼を言う時の決まり文句みたいなものです。だけど、それがすごく嬉しかった。そうして、もっと忍者のこと、さらにはサムライのことを調べて、教えてあげようと思ったんです。日本からサムライや忍者について書かれた本を送ってもらい、それを熟読しました。そうして調べているうちに、日本のこころ、武士道というものにはまったんです」

海外にいた方が日本ということを強く意識する、と聞いたことはある。日本人が珍しいので、日本のことをあれこれ聞かれるのだそうだ。生まれてからずっと日本に住んでいる私には、そういう感覚は身近ではないけれど、カンナにはきっとそうだったのだろう。

「政治や経済については批判されることも多々ありますが、こと文化については、日本はとても高く評価されています。俳句や浮世絵、能、歌舞伎、茶道、華道というものを悪く言う人はいません。アメリカは建国してまだ三百年経ってない国ですから、古い文化というものに憧れがある。日本人でも古典的な教養を身に付けている人は尊敬されますし、それについて語ることは喜ばれます」

「アニメとかゲームは？」

カズが尋ねる。ジャパニメーションが海外でも人気だということは、みんななんとなく知っている。カンナは首を横に振る。

「それは文化というより娯楽ですから。一部に熱狂的なファンもいますけど、尊敬されるというのとは少し違います。それに、アニメは子どものものと思われていますから、ふつうの大人には通じません」

「そうなんだー」

カズはちょっと不満そうだ。

「アメリカの子どもは能や歌舞伎には興味がないけれど、サムライとかニンジャという言葉に反応します。なので、それについて詳しくなることは、コミュニケーションの手段としてとても有効だったんです。そのうち、ただ知識として覚えるだけでなく、自分でも身に付けたい、と思うようになりました」

それを聞いて、ふと弓道会にいたモローさんのことを思い出した。アニメ好きが嵩《こう》じて弓道を始めたのだと思っていたが、日本独自の文化としての弓道を評価していたのかな。そういえば、弓道場のたたずまい、自然を感じながらやることが素晴らしいって褒めていたっけ。

「それが弓道をやりたいと思ったきっかけか。だけど、柔道とか空手でもよかったんじゃないの？　剣道の方が、よりサムライって感じだよね」

薄井くんの質問はもっともだ。サムライといえばチャンバラ、というのが一般的なイメージだ。剣道の方がそのイメージには近い。

「武器としての弓は鉄砲伝来以降廃れましたが、それ以前は武士の能力でいちばん評価されたのは、弓と乗馬なんですよ。かつて弓は最強の武器でしたから」

「へえ、そうなんだ」

至近距離でないと武器としての力を発揮できない刀剣に比べ、弓は遠近どちらでも戦える。殺傷能力も高い。鉄砲が登場する以前は弓が最強だった、というのは納得がいく。

「それに江戸以降も、弓道は礼法と並んで武士の嗜《たしな》みとなっています。平和な時代だからこそ志高く、常日頃から自分を磨く手段として位置づけられていたんです。もちろん剣道にもそういう面はあります。でも、いざそれを用いるとなると、接近戦なのでどうしても身体が大きく、力のある男性の方が有利です。弓なら女性でも活躍のしどころがあります。その昔、巴《ともえ》御前とか板額《はんがく》御前なんて名手もいましたしね」

「ハンガクゴゼン？」

カンナの挙げた人名は歴史の教科書には出て来ない。歴史好きじゃないと知らない名前だろう。

「巴御前と同じ、源平が争っていた時代に活躍した女性です。この時代は女性でも武芸に秀でた者は戦に参加することができたんですね。もちろん弓だって力がある方が有利ですが、訓練すれば女性でも正確に射ることは可能です。急所を正確に射ることができるなら、軽い弓でも十分力を発揮します」

「はあ」

みんなあっけにとられている。カンナの舌はますますなめらかだ。

「柔道や合気道というのは結構新しいんですよ。柔道は嘉納治五郎《かのうじごろう》以降ですから発祥は明治ですし、合気道は大正から昭和初期ですから。空手は琉球王国時代に始まっているので歴史はあるのですが、中国武術の影響も強いし、武士道とはちょっと遠い存在です」

ここでカンナはひと息吐いた。次の言葉を効果的に聞かせるためだ。

「弓道こそ武士道のど真ん中。歴史も古いし、志も高い。だから、私は弓道がやりたかったんです！」

言いたいことを言って満足したのか、ほおっと大きな溜め息を吐いた。つられてみんなも溜め息を吐く。こちらは聞き疲れだ。ほんとにカンナはよくしゃべる。ひと息吐いたところで、カズが言った。

「カンナが弓道をやる理由については理解できたけど、俺たち、いったいなんの話をしていたんだっけ？」

みんなで顔を見合わせる。カンナの話に圧倒されて、誰も覚えていないのだ。話の筋道を完全に見失っている。カンナが申し訳なさそうに言う。

「夏休みの練習をどうするか、話していたんでした。すみませんっ。私が、八月にはロスに行くって話したことから、話題がずれてしまって」

カンナのしゃべり方は、もとのアニメ風に戻っている。

「ですが、七月中は練習に参加しますし、ロスでも、自主練を頑張りますっ！」

「ま、まあ、いいんじゃない？」

みんなはカンナの弓道についての思い入れややる気に、たじたじとなっている。

「とりあえず、夏休みのことは試験明けに考えよう。今日はもう時間ないし」

私は話をまとめに掛かった。ほっとけば、カンナはまだ話を続けそうだ。

「そうだよね。田野倉先生の都合も聞かなきゃいけないし。先生がいないのに、屋上での練習はできないからね」

薄井くんが妙にぐったりした顔で言う。私もそろそろ終わりにしたい。

「じゃあ、今日はこれで解散ということで」

「えっ、もう解散ですか。もうちょっと夏の過ごし方について話しましょうよ」

カンナはまだ未練ありそうに言うが、それを振り切るように、みんなそそくさと部室を後にした。

11

その翌週の月曜日、授業が終わると私は部室へと向かっていた。先週バタバタと帰ったので、うっかり弓道着を置き忘れていたのだ。

部室に行くと、鍵が掛かっていなかった。

「誰かいるの？」

ドアを開けると、カンナがいた。カンナはびくっとしたように振り向いた。その瞬間の顔が妙に大人びて見えたが、すぐにいつもの笑顔になる。

「あ、楓先輩。どうしたんですか？」

「部室に弓道着を置き忘れちゃって。休み中にクリーニングに出そうと思ってたんだけど」

「私もなんです。二週間近く部室に置きっぱなしなんて、気持ち悪いですもんね」

カンナはそう言いながら、棚の方へ行き、風呂敷包みを取り出した。臙脂色の麻の葉柄の風呂敷だ。私も自分の棚から荷物を取り出す。私の弓道着は紺の布のトートバッグに入っている。

「先輩もたいへんですね」

ふいにカンナが言って、私をじっとみつめる。

「えっ、どういうこと？」

「みんなバラバラだし、言うこと勝手だし。部長って言ってもみんなちっとも敬意を払わないし」

「それはまあ、仕方ないよ。たまたま二年だから部長をやることになったけど、ほんとは部長って柄じゃないもん」

「そんなことないです。私は楓先輩でよかったと思います。楓先輩がいちばんフラットだし、思いやりもあるし」

お世辞だと思っても、そう言ってくれるのは、ちょっと嬉しい。

「だけど、弓道の実力で言えばやっぱり善美の方が上だし、ああいう性格じゃなければ、善美の方がよかったと思う」

「私、善美先輩、ちょっと苦手です」

カンナは冗談めかした口調で言う。

「えっ？」

「だって、いつもマイペースじゃないですか。部のことをみんなが真剣に話し合っていても、我関せずだし」

「そんなことないよ、彼女はあまりしゃべらないけど、無関心ってわけじゃない」

「先輩、やっぱりいい人ですね」

いい人という言い方がちょっと引っかかる。「お人よし」と言いたげだ。

「どういうこと？」

「善美先輩、あれだけ美人だから、得していますよね。黙っていてもミステリアスな雰囲気がある。誰も何も言えない。だけど、あれで並の容姿だったらきっといじめられていますよ」

カンナの見方はびっくりするほどシニカルだ。いつもとはまるで違う。こんな見方をする子だったのだろうか。

「確かに善美はもうちょっとしゃべった方がいいと思う。一部の女子には、性格ブスって言われているよ」

「性格ブスというか、ちっとも他人に気を遣わない、それがイラッとするんです」

それを聞いた私の驚きが、顔に出たのだろう。カンナはすぐに謝った。

「すみません、私のひがみだとはわかっているんです。でも、アメリカでは自己主張しないとやっていけない。仲間に入りたいなら、入りたいという意思表示をしなきゃいけない。空気を読むなんて誰もやってくれませんから、自分でアピールしなきゃいけないんです」

ああ、そうか、と私は突然気がついた。

カンナはいつだって周りに気を遣っているんだ。おそらく不思議ちゃん、場の空気にも無頓着《むとんちゃく》な子、明るくておしゃべり、というのも、彼女が作ったキャラなのだ。

海外で生活することも、日本に戻って帰国子女として生きることも、どちらも異分子であることは間違いない。その中でどうやって浮かないでやっていくか、存在を容認されるか。それは死活問題だったのだろう。

「楓先輩はすごくいい人だと思います。ふつう、あれだけの美人の傍にいたら、みんな割を食う。男の人は、どうしたって美人にだけ注目しますからね。美人で弓道も自分より上手い。そういう人の傍に平気でいられるって、すごいと思います」

「ん、まあ、時にはコンプレックス感じることもあるよ。確かに美人だし、同じ時期に弓道を始めたのに、彼女の方が上達早かったし。だけど……」

「だけど？」

善美にもたいへんなことはある。家庭も複雑だし、あの性格だから損していることも、あきらめていることもある。一年つきあったからわかったことだけど、それを話してもカンナに伝わるだろうか。

「自分が弓道やるうえでは、関係ないからね。他人が上手でも美人でも、自分自身には何の関係もない。自分の弓が上手く引ければ楽しいし、そうでなければつまらない。それはあくまで自分自身のこと。それに、上手い人が近くにいるのは励みになるよ。善美が上手いから、自分ももっとできるはず、と思えるし」

カンナは苦笑して頭を振った。

「やっぱり楓先輩はいい人です。先輩が部長でよかったと思います」

これは、誉め言葉と取ってもいいのだろうか。

「ところで、この落書き、何を示しているんでしょうね」

ふいにカンナは話題を変えた。窓の下の落書きに目をやっている。

「高校生で『無念』なんて言葉、あんまり使いませんよね」

「それはそうだね」

「これを刻んだ人は、何を考えていたんでしょう。きっと人に言えない鬱屈《うっくつ》を抱えていたんじゃないかな」

「そう……なんだろうね」

ふと、人に言えない鬱屈を抱えているのは、カンナ自身じゃないか、と思った。だから、『無念』という落書きに惹かれるんじゃないだろうか。

「これを書いたのが誰で、どういうつもりで書いたのか、私は知りたい。おそらく弓道部が休部になった原因と関係していると思うし」

「それは、どうして？」

「こんな目立つところに書いたら、ほかの部員にすぐみつかっちゃいますよね。誰が書いたかって犯人捜しになるだろうし、どうして書いたかって動機も探られる。そうなると、結構恥ずかしいじゃないですか。小学生ならともかく、私たちくらいの年では、そんなことされたくない。だから、ここに書いたのは、もう誰もこれを見ないと思ったからじゃないかと思うんです」

「んー、まあ、それはそうかもしれないね」

私はそこまで考えていなかったので、カンナの洞察力の深さに驚いた。

「これを書いたのはおそらく部室を閉ざす最後の日だと思うんです。わざわざ日付を刻んだのは、そういうことじゃないでしょうか」

「うーん、それはわからない。これを書いた人にとって、何かつらいことがあったのがその日かもしれないし」

「確信はありません。でも、二〇〇八年って日付が書いてありますが、その年度から部誌がなくなっていますよね。それはやはり二〇〇八年に部にとって何か問題になることが起こったんじゃないかと思うんです」

「部にとって問題になる何かねぇ。推測としては正しいかもしれないけど、もう一〇年以上も前の話だし、確かめようがないよ」

私は荷物を手に持った。いつまでもここで話をしていても仕方ないので、切り上げようと思ったのだ。

「そろそろ帰るけど、カンナはまだここにいる?」

「いえ、私も帰ります。帰ってテスト勉強しないと」

施錠して、ふたりで部室を出た。

「だけど、一〇年以上前のことなら、まだ関係者は覚えていると思うんですよ。当時ムサニにいた生徒か先生がみつかれば、教えてくれるんじゃないでしょうか」

歩きながら、カンナはまだ落書きの件を話している。

「そうは言ってもね。ほんとのところ、部が閉鎖になった年もはっきりしないんだよ。それをどうやって確かめたらいいのか」

「まずはそこからですね。でも、私は二〇〇八年で間違いないと思うんですけど」

校庭を突っ切って、昇降口に入ろうとしたところで誰かとぶつかりそうになった。

「あ、すみません」

相手の顔を見る。眼鏡を掛けた頭のよさそうな女子高生。どこかで見た顔だ。

「ああ、あなた弓道部の」

そう言われて思い出した。生徒会副会長の人だ。名前はなんていったっけ。

「どう、あれからちゃんと活動している？」

「おかげさまで、屋上を使って練習をしています」

「うん、噂は聞いている。頑張ってるみたいね。ところで、休部になった件はどうなった？　何かわかった？」

そうだ、水野さんだった。この人が休部になった理由を知りたいと言っていたのだ。

「いえ、部室にあった部誌を調べたんですが、とくに書いてはありませんでした。部誌は二〇〇七年度の分までしかなくて、実際のところいつ休部になったのかわからないんです。それだけでもわかれば、当時いた人に話を聞けると思うんですけど。……生徒会の方に、何か記録とか残っていないんですか？」

「生徒会でもいろんな書類は一〇年経ったら破棄してしまうからねえ。二〇〇八年とか九年のものはもう……」

「やはりそうですか」

「だけど、いつ部がなくなったかくらいは、たぶんわかると思うよ」

「え、どうして？」

「図書室に行けばいいのよ」

水野さんの目が心なしか、きらっと光ったように見えた。

それはあっけなくみつかった。図書室の司書の先生に言うと、閉架の棚のところから何冊か持って来てくれたのだ。

「貸し出しはできませんので、図書室の中で見てください」

「ありがとうございます」

そう言って、貸出カウンターに出された五、六冊の本を受け取った。この学校の、過去の卒業アルバムだ。閉架棚にしか置いてない、二〇〇七年度から二〇一二年度までのアルバムをリクエストしたのだ。それを持って、カンナが待っている閲覧室のところに行く。水野さんと別れた後、私とカンナはまっすぐ図書室に来たのだ。

「結構、重いよ、これ」

私はどさっと机の上に投げ出した。革のカバーが付いていて、茶色の函に入っているアルバムは、どれも同じ装丁だ。カバーに金文字で学校名と年度が印刷されている。

「まず二〇〇七年度から見てみよう」

部室の壁に刻まれた文字の日付より一年前、都大会で入賞もし、弓道部が活発に活動していた頃のアルバムだ。

アルバムの最初の方はクラスごとの写真が載っている。集合写真や、グループごとの写真、それに授業の時の光景など、さまざまな日常が切り取られ、ちりばめられている。撮られたのは秋くらいだろうか。夏服と冬服が交ざっている。制作の都合上、卒業アルバムの写真は早めに撮影する。きっと九月から十月頃の写真だろう。

「わ、これ、見たことない。昔の制服ってこんな風だったんですね」

「やだ、この髪型、なんかヘン。この頃の流行りなのかな？」

私とカンナは見ながら思わず声を出した。そこに写っている生徒たちは、いまでは三〇歳を過ぎている。私たちよりずっと大人だが、アルバムの中の姿は私たちと変わらない高校生の姿だ。いまのこの校舎で、グラウンドで、同じように笑ったり、怒ったり、悩んだりしていたのだ。

切り取られた一瞬は変わることなく、そのままの姿で封じ込められている。

「静かにしてください」

近くの机にいた上級生が、神経質そうに声をあげた。

「すみません」

カンナは私にだけ見えるように、小さく舌を出した。試験前でみんなきっとぴりぴりしているのだろう。騒いだこちらが悪かった、と思う。

そして、静かにアルバムをめくる。後半は行事ごとの写真で、体育祭、文化祭、修学旅行と、高校時代を彩る鮮やかなイベントの写真が続く。

その後に、目的の写真があった。部活紹介だ。

水野さんに『卒業アルバムの部活紹介のページを見れば、いつまで活動していたかわかるはず』というヒントをもらった。それを確認するために、ここにまっすぐ来たのだ。

前半は運動部、後半が文化部だ。部の名前のロゴの下に、写真が掲載されている。部の数が多いので、各部、二枚の写真しか掲載されていない。一枚は集合写真、もう一枚は活動風景の写真だ。

弓道部のものもちゃんとあった。アイウエオ順だったが、弓道部は意外や運動部のいちばん初めだった。その後に剣道部、硬式テニス部、硬式野球部、サッカー部と続く。確かに、アイウエオ順では『き』が最初になる。

集合写真の方は、弓道着の男女合計一五人ほどの生徒が写っていて、前列の三人は誇らしげに何かの賞状を持っている。その年の大会で好成績を収めた記録なのだろう。部員全員の名前も小さく記入されている。活動風景の方は、屋上の弓道場で練習している写真だった。的前で練習する生徒たちの写真だ。

いまと同じ場所に的を掲げ、同じように防矢ネットに囲まれた屋上の弓道場。

「なんか、しみじみするね」

私は思わず小声で口走った。

「どういうことですか？」

「うーん、なんていうのかな。やっぱり弓道部は存在していたんだなって。先輩たちから何も受け継いでいないと思っていたけど、練習場所をかつての先輩たちが開拓していたから、私たちも練習できているんだなって」

顔も見たことない先輩たち。だけど、やっていることは同じだ。おそらくずっと前の先輩が屋上でも練習できると思いついて、学校に交渉して場所を確保し、防矢ネットを購入する予算を申請した。もしそれがなかったら、全部自分たちがやらなければいけなかったことだ。自分が部長になってみると、何かを成立させるための手間の方にも目が行くようになる。

「この年は、ふつうに活動できていたってことですね。次を見ましょう」

感傷的になっている私と違って、カンナはドライだ。カンナは二〇〇八年度のアルバムを取り出した。

「これが問題の年ですね」

カンナは前の方のページは関係ないとばかりにすっとばし、部活紹介のページを開いた。運動部のページだ。いちばん初めのページにあるはずの弓道部の写真が、そこにはなかった。前年では二番目に掲載されていた剣道部が、最初にきている。

「やっぱりこの年に休部になったのでしょうか」

カンナがアルバムから顔を上げて聞く。

「そういうことなのかなあ」

私はそう言いながら、ページをめくった。運動部は六ページ取られている。その最後のページを見て、私とカンナは「あっ」と声をあげた。

運動部最後の陸上部の写真の後に、一枚だけそれはあったのだ。

『弓道部』というロゴの下に、写真が一枚だけ。それは集合写真でもなければ、活動風景の写真でもなかった。

たったひとり、少年が弓道着を着て、執弓の姿勢でこちらを向いて立っている。場所は屋上弓道場ではない。屋内だ。

「これって、部室ですよね」

カンナが私に問い掛ける。私は黙ってうなずく。

見慣れた窓のかたち、壁際の弓置き場。がらんとした物入れ。いまと変わらない部室の中の風景だ。

「これ、どういうことでしょうか？」

カンナが眉をひそめる。

「部員がたったひとり。だけど、ここに載っているってことは、休部ってことではありませんね」

「そうなるね。前の年は三年生だけで一五人もいたのに」

ごほん、ごほんとわざとらしい咳払いの音がした。傍の机の生徒が『静かにしろ』という意思表示をしているのだ。

『申し訳ありません』というように私はその人に目礼して、翌年のアルバムを出した。

二〇〇九年。

部活のページを開く。運動部のところには弓道部はない。最後にもどこにも。文化部の最後も見る。そこにも何もなかった。

私とカンナは顔を見合わせる。

「部が消滅したのは、二〇〇八年の卒業アルバムの写真を撮った二〇〇八年の後半ってことだね」

私がカンナにだけ聞こえるように、小声で言う。カンナも囁くように言う。

「だけど、三年生がいないだけで、下級生がいたとは考えられませんか」

「あ、そうか。そういうこともあるね」

カンナは二〇一〇年のアルバムを開いた。そこにも何も載っていない。もちろん二〇一一年も同様だ。

「二〇〇八年以降、誰も弓道部員がいないということは、やはり二〇〇九年時点には部は消滅していたってことですね」

「つまり、二〇〇八年の三年生が最後の弓道部員ってことになる」

私はもう一度、二〇〇八年のアルバムを開いた。

部室の中で弓道着を着て、まっすぐ視線をこちらに向けている少年。

名前がその脇に小さく書かれていた。

「円城寺実」

私が小声でその名前を読み上げると、カンナは小さな声で「あっ」と言った。

「どうしたの？」

「この人の名前、見たことある。玄関のところに飾ってあった賞状の名前です。都大会で個人戦二位になった人です」

「よく覚えているね」

「見たのは最近ですから。道隆先輩に、玄関に弓道部の過去の栄光が飾られているって聞いたので、見に行ったんです」

薄井くんにそれを伝えたのは善美だ。善美は賞状の年度や選手の名前まで覚えていた。

「つまり弓道部のエースだったんだね。おそらく二〇〇七年度の終わりか二〇〇八年度の初めに何かあって、弓道部のみんなが部をやめたのに、この人だけ残っていたんだ」

「この人が、部室の壁に『無念』って刻んだのでしょうか？」

カンナは首を傾げた。

「部員がひとりしかいないなら、彼で間違いないだろうね」

私はもう一度写真を見た。

少年の顔は無表情でカメラを見ている。

達観したように、ただ無になっている、というように。

「どうして弓道部は活動をやめたのだろう」

私は初めてその理由を本気で知りたい、と思った。少年の写真を見て、その事実がただの記録ではなく、当時の部員を苦しめた出来事として立ち上がった気がしたのだ。

しかし、アルバムからは何も伝わってこない。

弓道部の事情も、少年の気持ちも。

なぜ彼ひとり部に留まったのだろうか。どういう気持ちで『無念』という文字を刻みつけたのだろうか。

その問い掛けの答えは、見失われたままだ。

ただ、こちらを向く少年の放心したようなまなざしが、私の気持ちをざわつかせていた。

12

「今日から俺らも的前だね」

カズが嬉しそうに言う。薄井くんも珍しく表情を緩めて同意した。

「ほんと、やっと弓道部らしい練習ができる」

期末テストが終わったその日、弓道部の練習も再開することになった。それまでずっと巻藁の練習を続けてきたカズ、カンナ、薄井くんも、今日から的前での練習をする。部内でそう決めていたのだ。

更衣室で着替え、部室に集合すると、自分の弓と、部室に置いてある的をそれぞれ手に持ち、全員で屋上に向かう。みんなの足取りは軽い。薄井くんが雨宮さんに借りた鍵を使い、昇降口のドアを開ける。

「うわ」

最初に足を踏み出した薄井くんが、声をあげる。

「どうした？」

続いて外に出たカズも「うっ」と声を出した。さらに、賢人もカンナも。その後ろにいた私も、外に出た途端、わかった。

暑いのだ。屋上には暑さを遮る屋根もなく、コンクリートの床は照り返しが強い。空の太陽だけでなく、足下からも熱が伝わってくるような暑さだった。ついこの前まで梅雨で寒さすら感じていたのに、いつの間にか真夏の日差しが強く照りつける季節になっている。

「こりゃ、たまらん。汗が噴き出るよ。こっちは着物だし」

カズが襟《えり》のところを両手で掴《つか》んで、パタパタと揺らして風を入れる仕草をした。

「つらいですね。日に焼けそうだし。日傘が欲しいです」

いつも前向きなカンナも、珍しく愚痴をこぼす。色白のカンナは、日焼けには弱そうだ。

「立ってるだけで、汗が出てくるね」

弓道でこんな経験は初めてだ。神社の弓道場も夏は暑いが、射場には屋根があるし、周囲は大木に囲まれているので陽射しも遮られる。猛暑の夏でも意外と涼しい。風がある日は、クーラーの中にいるより快適なくらいだ。

「たまらないね。もう今日は練習やめにしない？」

「そういうわけにはいかないよ。これからも夏中ずっとこんな感じだよ」

ワイワイみんなで騒いでいると、弓道着に着替えた田野倉先生が顔を出した。

「みんな、揃ったか？」

「先生、ここ、暑いです」

「屋上だからな、仕方ないよ。夏は暑いものだ」

田野倉先生はケロリとしている。

「真夏は四〇度近くになるだろうから気をつけろよ。水分は多めに取って、的前の番を待つ間は、廊下で涼んでいろ」

「じゃあ、やっぱりここで練習するんですね」

カンナが恨めしそうに言う。

「これくらいで練習やめるわけにはいかないだろ。ともかくセッティングしよう」

田野倉先生が号令を掛け、廊下の端に並べていた畳と巻藁を運び出す。そして、練習できるように的を畳に取り付けたり、巻藁をいつもの場所に設置したりした。それをやっただけで、みんな汗だくである。

「ダメ、俺、暑いの超苦手。暑いのが嫌だから、インドアのスポーツを選んだのに」

ぽっちゃりしているカズは、顔を赤くして、汗をだらだらかいている。

「ちょっと廊下で休憩」

田野倉先生も応《こた》えたのか、そう号令を掛けた。廊下に来ると、みんなはペタンと床に腰を下ろした。屋内の床は冷たく、身体を冷やしてくれる。

「気持ちいい」

賢人とカズは床の上で大の字になる。

「やっぱり年々東京の夏は暑くなるな。ヒートアイランド現象が加速しているからな。俺らの高校の頃は、七月はまだここまで暑くなかったよ」

田野倉先生もぼやく。そんな話をしていると、階段の下から雨宮さんが上がって来た。手には長いホースを持っている。

「どうも」

雨宮さんが挨拶する。

「あれ、何か屋上に用でも？」

田野倉先生が言うと、雨宮さんは手に持っていたホースを目の辺りにかざす。

「屋上、暑いから、水を撒《ま》いたらいいと思って」

「えっ、それでわざわざそれを持って来てくれたんですか？」

「ええ、まあ」

それだけ言うと、雨宮さんは屋上へ通じるドアを開けて出て行った。ほったらかしにするわけにもいかないと思って、私もついて行く。

屋上の隅にある水道の蛇口にホースを繋ぎ、雨宮さんは水を撒き始めた。私を見ると、

「水が掛かるから、廊下にいてください」

と言ったので、私は廊下に戻った。

「雨宮さん、気が利くね」

「ほんと、ありがたい」

そんな話をして私たちは廊下で待っていた。ちょっと長く掛かりすぎるんじゃないか、と思う頃、やっと雨宮さんが戻って来た。

「一応、屋上全体に水を撒きました。湿度も上がりますが、コンクリートの表面温度は下げた方がいいと思います。ホースを置いておきますので、また暑くなってきたら撒いてください」

「ありがとうございます。ほんと、助かります」

私たちは雨宮さんに頭を下げた。

「いえ、仕事ですから」

雨宮さんは素っ気なく返事をすると、去って行った。不愛想に見えるが、照れているだけなのかもしれない。実は親切な人なのだ、と私は思う。

「ま、そのうちここに人工芝でも敷いてもらえないか、学校に交渉するよ。そうすればちょっとはましになるだろう。陸上部やサッカー部の連中だって、グラウンドの暑さに耐えているんだ。無理しない程度に頑張れや」

田野倉先生はそう言って笑った。

「じゃあ、そろそろ練習始めよう。僕たちも的前だけど、どういう順番でやる？」

薄井くんが言うと、カンナとカズがすっくと立ち上がった。

「じゃんけんで決めよう」

「背の順でいいんじゃないですか？」

カンナとカズがお互いの顔を見合う。

「先生はどう思われます？」

私が田野倉先生に聞く。

「順番くらい、自分で決められるだろう？　高校生なんだから」

あっさり突き放された。自分たちで決められることは自分たちでやれ、という教育方針なのだ。すると、カンナが言った。

「あの、全員がずっと炎天下にいる必要はないんじゃないでしょうか？」

「どういうこと？」

「経験者と未経験者がふたり一組になって、その一組だけ外に出て、それ以外は廊下で待機する。待機している間は、筋トレや素引きをする」

それなら練習するふたりだけが外に出るだけですむ。

「確かに……熱中症のリスクを考えれば、そっちの方がいいかもしれない。だけど、どうやってふたり一組にする？」

薄井くんの言葉に、みんなはお互いの顔を見る。

「えっと、くじ引きでもする？」

私が提案したけど、賢人が却下する。

「部室に戻らないと、くじを作るための紙や鉛筆がないよ。すぐには決められない」

「じゃあ、じゃんけん」

「それより、自分が組みたい人を選んだ方がよくない？」

カズが提案する。

「それは、経験者が選ぶの？　それとも、未経験者の方が希望を言うの？」

薄井くんが聞くと、賢人が自信たっぷりに答える。

「そりゃ、経験者の方さ。教える方が大変なんだから、選ぶ権利はある」

「でも、教えられる側の方も、誰の教え方がしっくりくるとかあるじゃないか。誰に習いたいという希望を言う権利はあると思うけど」

薄井くんの反論に、賢人は不愉快そうに言う。

「そんな風に屁理屈ばかり言うやつは、こっちも教えたくないよ」

「経験者だからって、一方的に意見を押し付けてこられるのはごめんだ」

「何を」

賢人が薄井くんをにらみつける。薄井くんもにらみ返す。

「僕はきみとは組みたくない」

「俺だって、願い下げだ」

また、このふたりだ。どうやって止めたらいいだろう。このままだと喧嘩になる。田野倉先生が止めてくれればいいのに、と思うが、先生は後ろの方で成り行きを面白そうにながめているだけだ。すると、のんびりした口調でカズが言う。

「そんなに熱くなるなよ。部活なんだから、楽しくやろうよ」

「そうです。喧嘩するほどのことじゃありません。みんな自分の希望を言えばいいじゃないですか」

カンナの言葉に、薄井くんが答える。

「じゃあ、カンナは誰と組みたいの？」

「私？　個人的には男女でペアになった方がいいと思います。同性だと、遠慮がなさすぎて、言葉がきつくなるかもしれないので」

それを聞いて、いまにもつかみかからんばかりだった賢人の腕が下がった。ちょっと冷静になったようだ。

「それがいいかもね」

「うん、名案だ」

私とカズも同意する。

「えっと、経験者の男は俺一人で、未経験者の女子は……カンナ？」

賢人が意外そうに呟いた。私も意外な気がした。経験者と未経験者の異性で組むとしたら、賢人とカンナは確定だ。カンナは最初から賢人と組みたいと思って、これを提案したのだろうか。

「はい、賢人くんに見てもらえたらうれしいです」

カンナはにっこり笑う。花が咲いたような愛らしさに、賢人は照れたように下を向く。

「えっと、あとは俺と副部長が未経験者で、善美と楓が経験者か。どっちと組んでもいいってことだね。俺はどっちでもいいけど」

カズの言葉に、善美もうなずく。

「私も、大丈夫」

善美が素っ気なく言う。私も仕方なく言う。

「私も……どっちでもいい」

「僕は……できれば矢口さんがいい」

薄井くんの言葉に、私はびっくりした。まさか薄井くんが自分を指名するとは思わなかったのだ。

「えっ、ほんとに？」

内心ではカズの方が教えやすそうだと思っていた。筋がいいし、性格も明るい。薄井くんは理屈っぽくて、めんどくさそうだ。

「じゃあ、残りはカズと善美。これで決まりだね。その組み合わせでしばらく練習しよう」

賢人がそうまとめた。

「毎回組み合わせは変えた方がよくない？」

私の提案を、賢人は頭を横に振って却下した。

「いつも同じ人の方がいいと思う」

すると、そこに田野倉先生が割って入った。

「しばらくは同じ人が見る方がいいんじゃないか。毎回注意されることが違うと教えられる側も混乱するだろうし、教える方も言いっぱなしでは無責任になる。継続して相手の成長を見た方がいい」

「うん、論理的だ」

薄井くんが言う。それで、組み合わせが決まった。賢人とカンナ、善美とカズ。そして私は薄井くんと。

最初に賢人とカンナ、カズと善美、私と薄井くんは三番目だ。番が来るまで廊下で待機している。

「とりあえず、ゴム弓やってみる？」

弓道着を着ているので、筋トレはあまりやりたくない。

薄井くんがゴム弓を持って、執弓の姿勢をとる。そして、打ち起こし、引き分け、会《かい》、と作法に則ってゴム弓を引いてゆく。

「いいじゃない。動き、とってもスムーズだった」

「うちで、毎日ゴム弓の練習はしてるんだ」

「そうなんだ」

「射法八節や坐《ざ》射《しゃ》のやり方も練習している」

「へえ、ひとりで？」

「うん、弓道のYouTubeを見て」

「それ、すごい。弓道もYouTubeで見られるなんて知らなかった」

私は家で弓道の練習をしたことはない。そもそもゴム弓も持っていない。部ができるまでは週に二回か三回、弓道会で練習するだけだった。

薄井くん、本気で上手くなりたいんだな。

なのに、私が指導者の代わりなんて、それでいいんだろうか。経験者三人の中では、私がいちばん下手なのに。

「じゃあ、交替」

二番目に的前で練習していたカズと善美が廊下に戻って来た。カズは汗をだらだら流しているが、善美はいつも通りだ。きれいな顔には汗ひとつ浮かんでいない。

ほんと、善美は謎だ。善美は焦ったり、驚いたり、表情を変えることがない。誰よりも涼しげな顔で冷静でいる。暑ささえも超越しているようだ。

薄井くんと私は自分の弓と矢を持って、外に出た。とたんに真夏のまぶしい太陽が目に焼き付く。どっと汗が噴き出してくる。

的前に来た。的までの距離は弓道会の的と変わるはずはないのに、射場が低いのと、ひとつしか的がないのとで、距離が短く感じる。

「じゃあ、薄井くんからやってみて」

そうして薄井くんが的前に立った。私は少し後ろから彼を見ている。

最初に引いた矢はバウンドして、後ろの畳まで届かなかった。

「えっと、ちょっと引きが弱いかな。右が左に負けている」

会、つまり弓を引ききった時、拳の位置が頬辺りまでしかきていない。これでは矢は飛ばない、と思う。

「引き分けの時は、左右均等に。身体を開くようにして」

私自身が、弓道会で注意されたことだ。いまでも弓道会では時々先輩に言われることなので、先輩ぶってアドバイスするのがちょっと照れくさい。

「わかった」

薄井くんは素直にうなずいて、二射目を放った。今度もバウンドした。

「弓手と馬手が同じ高さになるように引き分けて。ちょっと馬手が早い」

そのアドバイスが効いたのか、今度はバウンドせずに届いた。

「今の感じで」

「だけど、的からは遠いよ」

「最初はそんなもんだよ。だんだん慣れてくるから」

四射目も、的から遠く外して、薄井くんの番は終わった。矢取りは後にして、私が的前に立つ。薄井くんに見られている、と思うと、下手な射はできない、と思う。

ゆっくり、左右均等に引き分けることを意識して。

上手く引き分けられた、と思った途端、矢口があいて矢がずれ、落ちそうになった。馬手と顎を微妙に動かして、元の位置に戻す。

慌てない。まだ射は終わっていない。

深く息を吐いた。気を取り直して狙いを定め、矢を放つ。

矢は的の右上に中った。

「ナイス」

薄井くんが小さく呟く。私はほっとした。薄井くんにアドバイスしたのに、自分が中らなかったら、恥ずかしい。

二射目、三射目、四射目と外してしまったが、一射でも中ったから、よしとしよう。

ほんとは私の射も、誰かに見てもらいたかったな。賢人も善美も、私より上手いし。

私は出入口の方に向かってぱんぱん、と両手を打ち、声を掛ける。

「矢取り入ります」

「お願いしまーす」

廊下の方から声がする。矢取りの時には最初に二回手を打ってから、声を掛け合うこと。生徒の自主性を尊重する田野倉先生が、これだけは守れと言ったのが、矢取りのことだった。

「事故が起こるのは、矢取りの時が多いんだ。必ず声を掛け合って、安全を確認してから取りに行くこと」

儀式めいているが、それもまた弓道部らしくていい。

近づくと、畳の前に薄井くんの矢が落ちている。矢に勢いがないので、畳に刺さらずに手前に落ちたのだ。砂でできている安土と違い、畳で作った仮の安土では、刺さりやすさも違う。

「僕の矢、勢いないのかな」

「初めてだもん、こんなもんだよ。私も最初は狙いが定まらなくて、変な方向に飛んで行ってたよ」

薄井くんには慰めの言葉など耳に入らないようだった。最初だから仕方ないと思わないのは、プライドが高いからかもしれない。

矢取りをして、待機場の廊下の方に行くと、入れ替わりにカンナと賢人が廊下から出て来た。私たちはゴム弓を引いて、自分たちの番を待っている。しばらくして、カンナたちが戻って来た。

「道隆先輩、どうでした？　さっき私、一回的に中りました！　まぐれだとしても、嬉しいです！」

カンナの頰が上気している。よほど嬉しかったのだろう。

「おめでとう。僕も、頑張るよ」

薄井くんはかろうじて微笑んでいるが、あまり愉快でないことは見て取れた。

「人と比べない。弓道では大事なことだよ」

私はそう言ったが、自分もそれができているかというと、そうではない。善美の上達の早さには、いつもコンプレックスを抱いている。まぐれでも私は皆中は難しいと思っているが、善美は既に四回皆中を経験している。的中率も、私よりはるかに上だ。同じ時期に始めたのに、どこで差がついたのだろう。そう思っているので、年下の女子に遅れを取って悔しがる薄井くんの気持ちもわからないじゃない。

善美はたぶんそんなこと、考えもしないんだろうな、と私は思った。


その日の練習が終わった後、夏休みの練習について話し合った。

月水金の午前九時集合ということに話はまとまった。

「それで、お昼前に練習を終わる。そうすれば、午後はみんな好きに時間が使えるし」

私が言うと、カンナはちょっと不服そうだ。

「せっかく的前で練習できるようになったんだから、私はもっと練習したいです」

「うーん、だったら近所の体育館かどこかで自主練するしかないね。先生は月水金の午前中しか立ち会わないと言ってるし」

「ほかの学校だったら、合宿をやって集中的に練習するんですよね。秋の試合に向けて、頑張る時期なのに」

「まあ、仕方ないよ。今年は起ち上げたばかりだし、そこまで考えが回らなかったし」

合宿をどこでやればいいのか、そこで何をやるのかも、自分たちにはわかっていない。だったら、屋上で練習するのも変わらない。

「どっちにしろ、カンナは八月からはこっちにいないんだろ？」

カズがなだめるように言う。

「そうなんですけど。もし合宿をやるんでしたら、それに合わせて帰国しますっ」

「今年はもう無理だよ。来年はできるように頑張ろう」

私が言うと、カンナは溜め息交じりに言う。

「うちの部が強かった頃は、合宿もやっていたんでしょうか？」

「やったみたいだよ。部誌の記録によれば、毎年五日くらい蓼科《たてしな》に行ってたみたいだ」

薄井くんの言葉を聞いて、私はふと図書室で調べたことを思い出した。

「そうだ、昔の弓道部と言ったら、みんなにちょっと調べてほしいことがあるんだ」

「調べてほしいこと？」

薄井くんが聞き返す。

「みんなの周りに、二〇〇八年にこの学校に在籍していた人がいないかな？」

「あ、例のあれですね」

カンナはぴんときたようだった。

「例のあれって何？　どうして二〇〇八年？」

薄井くんがカンナと私の顔を見比べる。

「先日、私とカンナでちょっと調べたことがある。それでわかったのは、その年に弓道部に何か事件が起こったらしいんだ」

そして、私はみんなに図書室で調べたことを手短に説明した。二〇〇八年度の卒業アルバムに写っていたのはたったひとり。それ以降は誰も載っていないことも。みんなは黙って耳を傾けてくれた。

「二〇〇七年度までは弓道部は確かにあったし、すごく強かったらしい。なのに、二〇〇八年度の卒業生にはたったひとりしか部員がいない。だから、この年に何か起こったんじゃないかと思うの」

「ふうん。それはちょっと気になるね」

薄井くんが同意してくれたので、内心ほっとする。

たったひとりの弓道部員をみつけた時の、あのなんとも言えない気持ち。いま思い出しても、胸がしくっとする。その想いは伝わらないだろうけど。

「たぶん、弓道部が休止するようなことがあったなら、学校中の噂になったと思うんだ。だから、この頃在籍していた生徒か先生なら、何があったのか知っていると思う。あるいは、その後数年は話が伝わったんじゃないかな」

「なるほどね。で、身近にその頃在籍していた生徒か先生がいないか、いたら話を聞いてほしい、ってことか。でもまあ、教師は数が少ないし、この近くに住んでいるとは限らないから、卒業生を探す方が現実的だね」

薄井くんはさすが、理解が早い。

「そういうこと。生徒会の人にも調べるように言われているから、とにかくやるだけはやってみようと思う」

「それは全員がやるの？」

賢人が私に尋ねる。

「うん、そうしてほしい。確か、賢人のおとうさんはこの学校出身だったよね。だから、後輩とかいないかな」

「二〇〇八年だと、とっくに卒業してるけど……。それより、オフクロの方が近所づきあいしてるから、もしかしたら卒業生を知ってるかもね」

「うちの近所にもいないか、聞いてみる」

カズも同意してくれた。

「善美先輩もお願いしますね」

黙っている善美に、カンナが念を押す。善美はこくりとうなずく。

「私はアメリカに行く前に、調査しておきます。休み明けに、それぞれ調べたことを発表しあいましょう！」

カンナは誰よりも張り切っている。

「そうね。学期中じゃなかなかできないから、それを夏休みの課題にするのはいいかもね」

私が同意すると、賢人がちょっと渋る。

「夏休みの課題って、宿題みたいでちょっと嫌」

「まあまあ、そんな堅苦しく考えないで。わかる範囲でいいから」

私はそう言ってなだめる。

「ともあれ、休み明けの皆さんの調査結果、楽しみにしています！」

カンナがそう言って、反論が特になかったので、それで決まりとなった。

そうして、その日の練習は終わった。私は伝えたいことを伝えることができたので、それだけで肩の荷をおろしたような気持ちになっていた。

13

期末テストが終わると、あっという間に夏休みが来た。カズ、カンナ、薄井くんの三人も的前で練習できるようになって、みんな張り切っている。ようやく弓道部の練習も、軌道に乗ってきた感じだ。

それにしても、人に教える責任は重大だ。私はそれまで目を通したことがなかった弓道の入門書を熟読するようになった。薄井くんは熱心で自宅でもゴム弓で練習しているし、理論も勉強している。弓歴では先輩の自分が、知識でも負けるわけにいかない。

屋上弓道場の暑さの問題は、その後多少改善した。雨宮さんがどこからか探してきて、屋上に日除けのテントを張ってくれたのだ。テントの周囲には人工芝を敷いてくれたので、照り返しもそこだけは弱い。さらに賢人が携帯用の扇風機を持ち込んだ。小型だが、なかなか強力だ。おかげでテントからほかの人の練習をみんなで見ることもできるようになった。

夏休みになってからは午前中に屋上で練習した後、たまに賢人と善美と私は連れ立って、学校近くの体育館の弓道場に自主練習に出掛けた。弓道部の練習とは別の時間帯なので、薄井くんもさすがに文句は言わない。

学校近くの弓道場ではなく、地元の弓道会で練習すればいいのだが、弓をいちいち持って帰るのがめんどくさい。電車の中に弓を持ち込むと邪魔だし、天井やドアにぶつからないかひやひやする。弓道会で借りることもできるが、自分の弓を持っている人は自分のものを使うという原則なので、毎回借りるのは気が引ける。それに、いったん家に帰って出直すより、弓道の練習日に学校でお弁当を食べて、そのまま体育館に行く方がいい。それで、弓道会からは足が遠のいている。

弓道会に行かなくなったのは、塾の夏期講習に通うようになったからでもある。ジユニアの指導日の木曜日に、塾の予定が入っているのだ。

「高校二年の夏休みなら、受験勉強もそろそろ始めないと」

母にそう忠告された。私も大学には行きたいと思っている。何を勉強すればいいのか、将来どうやって生きていきたいか、まだはっきりとは決まっていない。だからこそ大学へ進んで、自分の可能性を見極めたいと思う。

弓道部と塾、それに合間を縫《ぬ》って友だちと遊んだり、名古屋の祖父母や友人に会いに行ったりしていて、この夏は結構忙しかった。

忙しいと思うのは、充実しているってことかな。

昨年は暇だった。弓道会に行けるのは週に二日だけだったし、塾に行く回数も少なかったから、家でぶらぶらしている時間も多かった。母がいないのをいいことに、昼間はゲームばかりやっていたっけ。それも楽でいいと思っていたけど、やることがある方が気持ちも前向きになる。今年の夏の方がずっと楽しい。

八月に入ると、カンナがアメリカに出発するために、練習を休むことになった。

「ほんとうにすみませんっ！　でも、弓も持って行って、向こうでも練習しますから」

誰も強制しないし、「荷物になるから弓はいらないんじゃない？」とみんなは忠告したが、カンナは持って行く、と言い張った。

「夏休み明けにお会いした時、カズくんや道隆先輩に差をつけられていないように、頑張ります！」

最後までそう言い続けて、カンナは去って行った。

「やれやれ、カンナの熱意はちょっと暑苦しいよ」

カズが珍しくネガティブなことを言う。カズはカンナや薄井くんほどの熱意はない。練習日にはちゃんと参加しているが、それ以外の日は弓道を離れて家でゲームしたり、だらだら過ごすのが好きなようだった。それでも、三人の中ではいちばん上手いので、誰も何も言わないが、同じ一年生だけに、カンナのやる気をプレッシャーに思うこともあるのかもしれない。熱意と実力はなかなか伴わないものだな、と私は思った。

そうして忙しく過ごしているうちに、お盆休みになった。お盆は田野倉先生が田舎に帰るということで、弓道部の練習もお休みだ。暇になった私は、ふと神社の弓道場に行ってみようと思った。

去年の夏は弓道場で国枝さんに見てもらったんだっけ。

国枝さんは弓道会の中でも年長の方で、もう七〇歳を超えている。段位は初段しか持っていないが、射は弓道会の誰よりも美しい。なにより流鏑馬《やぶさめ》の達人でもある。

昼間の練習には滅多に姿を見せないが、毎朝六時には弓道場で練習をしている。早朝練習に参加するのは上段者ばかりなので、初段の自分は参加しにくいが、お盆期間中ならあまり人はいないだろう。

私はお盆前最後の部活が終わると、家に弓を持ち帰った。翌朝は早起きして、それを持って神社の中にある弓道場に行ってみた。

早朝の境内は気持ちがいい。大木に囲まれているからか、神域だからなのか、清涼な気で満たされているようだ。枝々が重なって厚い緑の層を作っている、そのわずかなすきまから、光が漏れてキラキラ光っている。美しい景色を見るのは私のほかに誰もいない。蟬《せみ》の声だけが響いている。

私は深呼吸をした。

身体の内側まで清々《すがすが》しいもので満たされる気がする。

その時、かすかなトン、という音が耳を打った。

弓道場から的中音が響いているのだ。

きっと国枝さんがいるに違いない。よかった。

もう一度、スタンと音がした。

国枝さんのほかにも、誰か来ているのだろうか。

本殿の横の道を行くと、射場が見えて来た。白髪だが、肩幅のあるしっかりした体型の国枝さんの姿が見えた。その横にすらりとした若い男性が立っている。

「あれは」

思わず声が出た。早朝練習をしているのは、国枝さんと乙矢くんのふたりだった。

胸の鼓動が速くなった。

乙矢くんと会うのは久しぶりだ。早く来てよかった。

そのまま弓道場を囲む柵《さく》のところから、ふたりの射を見ることにする。

まず目が行くのは、国枝さんの射だ。ゆったりと、まるで天空の光を受け止めるかのように優雅に腕を掲げ、ゆったりと引き分ける。

その力みのない自然な動作に、ただただ見惚《みと》れるばかりだ。

隣の乙矢くんの方に目をやる。以前と比べて変わった、と思う。こちらもきれいな射だ。

かつては切羽詰まったように的をにらんでいた乙矢くんが、いまは落ち着いた表情をしている。肩の力が抜けて、余計な力みもなくなっている。

ああ、上手くなったなあ。やっぱり大学で練習しているからなのかな。大学は弓道会よりずっとハードに練習するって聞くし。

「おはようございます」

射が終わったところで、ふたりに声を掛けた。

「おはようございます」

乙矢くんは驚いた顔をしている。乙矢くんも、私に会うとは思っていなかったのだろう。

「おはようございます。矢口さん、久しぶりですね。弓を持っているなら、ここに来て、一緒に引きませんか？」

国枝さんに言われて、大きな声で返事をする。

「はい、そのつもりで来ました。お願いします」

私は弓道場に上がり、まず弓に弦を張った。それから更衣室に行き、持って来た弓道着に急いで着替えた。

支度が終わると、射場に出る。乙矢くんが大前、国枝さんが落ちの位置についているので、私は中に入った。

「せっかくだから、坐射で引きましょうか」

国枝さんが言う。そういえば、去年一度だけ三人で引いた時も、やはり坐射だった。その頃はまだ慣れていなくて、坐射の順番を間違えないようにするだけで精一杯だった。

自分もあの頃よりは成長しているはず。

入場は省略して、自分の本座に着いたところから始める。ここのところ学校では立射ばかり練習していたから、坐射の体配をやるのは久しぶりだ。ほかのふたりを意識しながら揖《ゆう》をする。立ち上がり、本座に着く。開き足で九〇度回るのも、弓を起こすのも、三人のタイミングを合わせなければならない。

今日は三人の動作がぴったり合って、まるで呼吸まで揃っているような気がする。

ああ、弓道の、こういうところが好きだなあ。

ただ的に中てるだけでなく、その前後の所作も美しくやりたい。一緒に引いている人と息を合わせられると、何か大きなものの一部になったような気がする。

足踏み、胴造り、弓構え。

ひとつひとつ確認しなくても、身体は自然に動く。

こころがしんと鎮まってくる。この瞬間、弓と向き合っている、と思う。

ストッと的中音がした。乙矢くんの射だが、どこか遠いところのように感じている。

弓構えから打ち起こして大三《だいさん》。この時、ぴたりと手の内が決まった。掌の天文筋と言われる部分に、弓の外竹《とだけ》の角がしっかり当たっている。

いい感じだ。このまま素直に引けばいい。

背筋を伸ばし、身体を開くようにして左右に引き分ける。

だが、その瞬間、矢が弓手から外れそうになった。馬手と顎を微妙に動かし、矢を元の位置に戻す。

やれやれ。だけど、まだ終わったわけじゃない。

気を取り直して狙いを定める。ゆっくり弦を離す。

矢はまっすぐに飛び、的の端の方にパンと音を立てて中った。

残心を十分に取ってから、弓倒《ゆだお》しをする。後ろでスタンと音がした。きっと国枝さんの射も的中したのだろう。

よかった。乙矢くんも中ってるし、私だけ外すのも、なんか申し訳ない。

続く二射目。

乙矢くんが的中させて、射場を去る。その流れに続くように私も的中させて退場する。国枝さんも外さない。国枝さんが射を終わり、一歩後ろに下がってから、射位を退く。

「楓、上達したね。やっぱり部活で練習してるからかな」

的の矢を回収し、矢取り道を歩きながら、乙矢くんが言う。

「そんなことないよ。今日は乙矢くんと国枝さんの間に挟まれていたから、集中できたんだと思う」

謙遜のようだけど、ほんとのことだ。いつもなら打ち起こす角度のこととか、肩が上がらないようにとか、いろいろ考えながら弓を引くが、今日はあまり気にならなかった。

「ほんとは一射目、矢こぼれしそうになったんだ。弓手の親指の上から矢が落ちそうになって、慌てて直したの。そのせいか、左手を擦ってしまったし」

私は左手の親指の付け根のところを乙矢くんに見せた。血が玉のように丸くなって浮いている。

「ほんとだ、血が出ている。絆創膏貼った方がいいよ」

「大丈夫。そんなに大したことないし。ここのところ、左手を擦るの、よくやるんだ。クセになってるみたい」

だから、気にしないで、と言おうと思ったのだが、乙矢くんはそこまで聞いていなかった。

「ちょっと待って、取って来る」

乙矢くんは回収した矢を置くと、和室の棚にある救急箱のところに小走りで向かった。後ろで聞いていた国枝さんが、射場に上がりながら私に話し掛ける。

「よく左手を擦るというのは、取懸《とりか》けの位置が低いからではないですか？　ちょっとやってみてくれませんか？」

国枝さんがみてくれる、ということだ。私は嬉しくなった。弾むような足取りで弓置き場に行き、自分の弓を取った。その場で足踏みをして弓構えの姿勢を取る。いつも番える位置に矢を番えてみせる。

「やはり低いですね。番える位置はもう一センチは上じゃないと。弓手ももうちょっと上を握ります」

「ああ、やっぱりそうなんですね。実は中仕掛《なかじか》けにクセがあるので、この位置で番えないと矢が上手くはまらないんです。それで、最近下の方で番えるのが習慣になっちゃって」

弓の弦そのものは、矢筈つまり矢を番えるための溝の幅よりほんの少し細い。それで、矢を番える辺りを麻で一〇センチほど巻いて、自分の矢の矢筈にあった太さにする。その部分を中仕掛けというのだが、慣れていないので中仕掛けを均一に巻くこととができず、太すぎる部分と細すぎる部分を作ってしまった。それで、矢筈がぴったりはまる場所は限られている。正しい場所より低いところにあった。

「たぶん、矢が擦るのはそれが原因でしょう」

「そうなんですね」

「もうちょっと上の位置で番えられるように、中仕掛けを直さないと。こんなにでこぼこだったら、中仕掛けを最初から作り直した方がいい」

「ありがとうございます。前より低いところで番えているのはわかっていたんですけど、それが原因で手に怪我《けが》をするとは思いませんでした」

「おかしなことがあると、それは何かしら原因があるんですよ。弓道の動作は繊細なものだから、ほんのちょっとのブレが射に表れる」

国枝さんの言葉に、もうひとつ、気になることを思い出した。

「最近私、矢口があくことが多いんですけど、それにも何か原因があるんですか？」

矢が床に落ちるわけではないので、失敗とまではいかない。だが、たびたび起こるので気になっていた。

「取懸けの時の馬手はどう握ってるんですか？」

私は弓を握り直し、いつもやる通りに馬手を作ってみせる。

「ああ、それではダメです。親指が曲がってるし、中指と人差し指もばらばら。親指をまっすぐ伸ばして、その爪の上の辺りに中指の第二関節がくるように。人差し指は中指に並べて。こういう風に」

国枝さんが私の右手を触って形を直す。それまでより中指と人差し指がぐっと深く入り、安定した感じだ。

「弦が馬手の親指と垂直になるように。馬手の甲が上を向くように。そのままの形で引けば、矢こぼれはしないと思いますよ。この形を覚えておいて」

「ありがとうございます」

教えられたことを守りながら、もう一度弓を引いてみた。確かに矢が安定している。不安な感じはない。

弓道を始めたばかりの頃、指導者の人たちに取懸けのやり方をちゃんと教えてもらったはずだ。最初の頃は矢こぼれしていなかったから、ちゃんとできていたのだろう。

それが、知らず知らずおかしくなっていったんだろうな。中りが増えて調子がよかったから、取懸けがダメだって気づかなかった。

やっぱり、ちゃんとみてくれる人がいるっていいなあ。国枝さんにアドバイスをもらえただけでも、今日来た甲斐《かい》がある。部活の時にも、誰かみてくれる人がいるといいのに。

「あったよ」

乙矢くんが傍に来て、絆創膏を差し出す。

「ありがとう」

「あ、カケを着けているなら、僕が貼るよ」

「でも」

なんとなく気恥ずかしくて手を引っ込めたくなったが、乙矢くんはかまわず絆創膏の紙を剝がし、私の左手にそれを貼り付けた。そして、テープの端を自分の指で伸ばす。乙矢くんの顔がすぐ近くにある。胸がどきどきする。

「これで大丈夫」

「ありがとう」と答えたけど、私は視線を上げられなかった。絆創膏のテープ越しに血の滲みが広がるのを見ていた。

七時を過ぎると、弓道場にも人が集まって来た。国枝さんがそろそろ切り上げるという。残って練習する乙矢くんと私は、国枝さんを見送った。

「また来ますので、よろしくお願いします」

私はそう言って、頭を下げた。

「明日も来るの？」

乙矢くんが私に尋ねた。その声は嬉しそうに弾んでいる。

自分が来ることを、乙矢くんは歓迎してくれている。それはとても嬉しい。

「うん。いまお盆休みだから、弓道部もお休みなんだ」

「ああ、善美がそう言っていたっけ」

善美は乙矢くんの妹だ。無口な善美だが、兄には部活の話をするらしい。

「乙矢くんも、お盆休みで来ているの？」

「いや、僕は休み前から毎朝ここに来ているんだ。朝一時間か二時間練習している。大学やバイトで忙しくて、確実に時間が取れるのは朝だから」

乙矢くんはそう言いながら、矢を取り出し、手ぬぐいで拭《ふ》いた。視線は手元に向いている。

「そうなんだ。部活もあるのに、大変だね」

弓道会から足が遠のいていたので、乙矢くんが毎日早朝練習をしているとは知らなかった。知っていたら、もっと前に練習に来たのに。

「そうでもないよ。慣れてしまえば、朝弓を引かないと何か物足りない」

「すごい！　弓道が生活の一部になってるんだね」

「まあ、そう言えるかな」

乙矢くんは一本一本丁寧に矢を拭いた後、矢羽根の状態をチェックしている。

「私はまだまだだなあ。部活の練習だけで精一杯で、弓道会もサボりがちだし。それに、いまさら取懸けのことを直されるなんて、恥ずかしいよ」

「そんなことないよ。何年やっても、知らないことや間違うことはあるって」

「ううん。取懸けなんて基本中の基本だもん。そんなこともできてないのに、部活では先輩として新人の指導もしてるんだよ。私に教えられる新人は気の毒だと思う」

それを聞いた乙矢くんは、手元の動きを止め、私の方をまっすぐ向く。そう、乙矢くんは真面目な話をする時、まっすぐ相手の目を覗き込むのだ。その澄んだ目を見ると、なぜだかどぎまぎしてしまう。

「いや、だからこそ教えることに意味があるんじゃないの？」

「どういうこと？」

「誰かに教えるためには、ちゃんと自分が知らなきゃいけない。そのために調べたり、研究したりするだろ？　その結果自分自身の知識が深まっていく。それを言語化して説明することで、自分自身の中に定着する。取懸けのことは間違っていたかもしれないけど、楓の射、ずいぶんきれいになったよ。全体では進歩している。それって、やっぱり部活で指導することも関係していると思うよ」

「そんな風に言ってもらえると、嬉しいな」

「大丈夫、やってることは無駄にならないって」

そう言って、乙矢くんは励ますように私の肩をぽん、と叩いた。その親しげな仕草が嬉しくて、ちょっと照れくさい。

「あら、楓ちゃん、久しぶり」

入口のところで大きな声がした。私は慌てて乙矢くんの傍から離れ、声のした方を見た。そこにいたのは幸田真紀《こうだまき》さんだ。いつも私に親切にしてくれる先輩のひとりだった。

「お久しぶりです」

私は幸田さんに近づいた。乙矢くんは巻藁矢を取り、射場の奥に行く。巻藁の練習をするのだろう。

「最近は学校が忙しいの？」

幸田さんに聞かれる。

「すみません、学校で弓道部を作ったので、そっちの方で忙しくて」

「そういえばそうだったわね。まあ、弓道を続けているなら、かまわないけど」

そう言いながら、幸田さんはちょっと残念そうだ。私は申し訳ない気持ちになって、話題を変える。

「幸田さん、あの、武蔵野西高校を一〇年くらい前に卒業した人を知りませんか？二〇〇八年度か、それより後ぐらいがいいんですけど」

うちは、私が高校に入る前にここに引っ越して来たので、近所づきあいもほとんどない。だから、弓道会の人に聞いてみよう、と前から思っていたのだ。

「それだと三〇歳くらいかしら？　うちの弓道会ではいちばん少ない層ね」

弓道会で多いのは、幼稚園か小学校低学年の子どもを持つ四〇歳前後の主婦、もしくは仕事や子育てや介護が一段落した六〇歳以上の人たちだ。二〇代後半から三〇代前半は、男性も女性も少ない。

「弓道会じゃなくてもいいんです」

「どうしてその年代の卒業生を探しているの？」

そう聞かれたので、かいつまんで説明した。

「というわけで、その頃弓道部がなぜ休部になったか、知りたいと思ってるんです。それで、その頃の在校生を探しています。二〇〇八年頃ムサニにいた人なら、弓道部じゃなくても噂で聞いているんじゃないか、と思って」

「なるほどね。そういえば、私の従兄弟《いとこ》の子どもが武蔵野西の卒業生だったっけ。三〇歳よりちょっと下だと思うけど」

「では、ダメ元でその方に聞いていただけないでしょうか？　少しでも手掛かりがあればと思うので」

「わかった。後でメールしてみる。わかったら、楓ちゃんの方に連絡するわ」

「ありがとうございます。その方によろしくお伝えください」

よかった。私は部長なんだから、少しは調査しないと。私は高校からこの地に来たので、ムサニの卒業生の知り合いは身近にいない。頼れるとしたら、弓道会の先輩だけだ。

今日来てよかった。あとは連絡を待とう。

私は弓を取り、片付けを始めた。

夏の終わりを告げるツクツクボウシの声が響いている。七時を過ぎて、太陽の輝きが強くなってきた。今日も暑い一日になりそうだった。

14

「じゃあ、みなさん、夏休みに調べたことを発表しあいましょう」

カンナは目をきらきらさせて言った。二学期になって、最初の部活の日のことだ。

「え、ほんとにやるの？」

賢人がめんどくさそうに言う。賢人は最初からあまり興味がなさそうだった。

「だって今日は雨で屋外練習ができないし、ちょうどいいじゃないですか。今日は座学の代わりにこのことを話し合いましょう」

その日は、朝から雨が降っていた。沖縄の方に台風が接近しているらしく、秋雨前線が活発になっているらしい。部室にいても、雨音がうるさいほど響いている。

「そんな話より、カンナのアメリカ旅行の話を聞かせてよ」

「それは各自の発表が終わってから。私の話より、部に関わる重大問題を話し合う方が先です」

部に関わる重大問題だったのか、とカンナ以外の人間は思ったに違いない。

「悪い、俺、忘れてた」

カズがあっさり白状する。あまり調べる気もなかったのだろう。賢人もそれに続く。

「俺は、ムサニ出身のオヤジに聞いたけど、休部になった理由は知らないって。オフクロに、近所にムサニの人がいないか聞いてみたけど、二〇〇八年頃在籍していた人は知らないそうだ」

「僕も、前に調べた以上のことはわからなかった。ネットに何か書いてないかと思って、いろいろ探してみたんだけど」

薄井くんは申し訳なさそうだ。たぶんちゃんと調べてくれたのだろう。善美がそれに続く。

「近所のムサニ出身の人たちに聞いたけど、わかる人はいなかった」

それを聞いて、みんなほお、と感嘆した。善美は人づきあいが苦手だから、最初から誰も期待していなかったのだが、調べようと努力していたことを知ってみんな驚いたのだ。善美の言葉に続いて、その隣にいたカンナが言う。

「実は、私もあまり進展がありませんでした。従兄弟の友人の妹さんがムサニの卒業生で、三〇歳くらいだから知ってるかと思ったんですが、一年前に卒業しているからわからないって言われました。もうひとり、その人の友人の弟さんがちょうど当時通っていたそうですが、自分は陸上部だったからあまり覚えてないって言うんですよ。弓道部が活動休止するなんて、大きな問題なのに」

憤慨したようにカンナは言うが、案外そんなものかもしれない、と私は思う。もう一〇年以上も前のことだし、自分に直接関係ないのであれば、忘れてしまうだろう。

「でも、その人に頼んで、お友だちにも聞いてもらったんです。そしたら、ひとり覚えている人がいて」

カンナはすごい。夏休みの大半はアメリカに行っていて、こちらで調べる時間はそんなに取れなかったはずなのに。

それに、従兄弟の友人の妹のその友人の弟なんて、ほとんど赤の他人じゃないか。

「そのお友だちによれば、部員が弓で危険ないたずらをして、それが職員会議で問題になった、ということだそうです。どんないたずらかまではわかりませんでした」

「あれ、それ私が聞いた話と違う」

思わず私は声に出した。みんなが私の方を振り向いた。

「私は弓道会の先輩の親戚の方に聞いたんだけど、弓道部内で暴力事件があったのが原因だって。三年生が一年生を殴って、それが問題になって活動休止になったたって」

「伺った方は、ムサニの卒業生？」

カンナが訝《いぶか》しげに聞く。

「ええ。入学した時にはすでに休部になっていたらしいけど、すぐ前の年に起こったことなので、まだ噂は流れていたんだって」

幸田さんからのメールでそれを知った時、ショックだったけど、納得はした。暴力事件があったなら、部の活動休止という措置もあるだろう。

「おかしいですね。いたずら説と暴力説。どちらも、休部の原因としてはありそうなことですが。どっちが正しいんでしょう？」

「うん、どうだろうね。噂はとかく大げさになりがちだから、どっちも尾ひれがついているのかもしれないけど」

私たちが首を傾げていると、善美がすらっと言う。

「両方とも当事者の話ではない。当事者じゃないとわからない」

「それはそうですが。当事者がみつからない以上、ＯＢに聞くしかないじゃないですか」

カンナが珍しく苛立った声をあげた。従兄弟の友人の、そのまた友人にまであたったカンナとしては、何の成果も上げていない善美がもっともらしいことを言うのは不満なのかもしれない。

「当事者がいないとは限らない」

善美はしれっと答える。

「どういうことですか？　何か心当たりがあるんですか？」

「あるけど、いまはまだ言えない」

それだけ言うと、善美はもう何も言うことはない、というように後ろに下がり、部室の壁に身体を持たせかけた。

「そんな、無責任な」

「まあまあ。一〇年以上も昔の話だ。すぐにはわからないかもしれないね。だけど、やっぱり何かよくないことがあって休部になったのは事実のようだ。今回はそれがはっきりしただけでも一歩進んだんじゃないか？」

薄井くんがカンナをなだめるように言った。

「そうですね。引き続きこの問題を調査していきましょう」

カンナはすぐに引き下がった。

「そうだね。焦らずに、これからも当時のことを知ってる人を探していこう」

私はそう言って話を締めた。あまり進展はないけど、仕方ない。そのうち当時のことを知ってる人がみつかるかもしれない。

「ところで、これからのことをちょっと話しておきたいんだけど。秋季大会には出場するってことでいいよね。出場するなら、参加希望の手続きをしなきゃいけないし」

私は新しい話題を切り出した。

「もちろん」

「そのための部活だし」

カズと賢人が声を揃える。

「秋季大会は一〇月下旬。団体戦は三人一組だから、僕らはぎりぎり出場できる。始めたばかりの僕も出なきゃいけないいんだけど」

薄井くんがちょっと申し訳なさそうに言う。

「いいんじゃない、それは」

カズがあっさり答える。

薄井くんは、やっぱり引け目に感じているんだ、と私は思った。

薄井くんは夏休みの間、一日も欠かさず練習に来ていた。だが、ついに一度も的に中らなかった。カズは柔道をやっていたせいか引く力が強く、何本かに一本は中っている。コントロールが定まらず、時々とんでもない方向に飛ばしたりもするが、順調に上達している。カンナは七月いっぱいしか練習できなかったが、最初から呑《の》み込みがよく、やはり時々は的に中てていた。薄井くんだけが遅れを取っているように見える。

始めたばかりだから仕方ないのだけど、ほかのふたりの上達が早いので、薄井くんは割を食っている。

「個人戦の予選は団体戦と兼ねているから、団体戦で三射以上的中させると、自動的に個人戦の出場権を得る。なので、特に選手に誰を選ぶかは考えなくていい」

私は説明を続ける。

「なるほど。試合だからと言って、作戦を考える必要はないんだな」

賢人が言う。弓道の試合は単純だ。その場で弓を引いて、中りの数が多い方が勝ち。それぞれが精一杯弓を引くだけだ。

「もっと選手が多ければ、どういうメンバーにするかとか、順番をどうするかとか考えるんだろうけどね。俺らは半分初心者だし、作戦も何もない。頑張れるだけ頑張るしかないよ」

カズもそう言って自分を納得させている。

「そうだね。それまでに、もうちょっと上達できるといいんだけど」

薄井くんが溜め息交じりに言う。薄井くんの練習を見ていたから、その気持ちは想像できた。薄井くんは誰よりも真面目に練習しているのに、進歩が見られないのだ。

私は自分の教え方が悪いんじゃないか、と思い始めていた。

もっと上手い人がアドバイスしてくれたら、薄井くんも中るようになるんじゃないかな。

その時、ふとアイデアが閃いた。我ながらいい考えだ、と思ったので、さっそくそれを提案する。

「あの、うちの部活にも、誰か指導者に来てもらったらいいんじゃないかな」

「指導者？」

「ほら、西山大付属でも月に二回範士の人が来ているって言ってたじゃない。うちも誰かに頼めないかな」

「月に二回で役に立つの？」

薄井くんは半信半疑のようだ。

「上手い人がちょっとアドバイスしてくれるだけでも、参考になることってあるよ。私、左手をよく擦っていたんだけど、弓道会の人に言われて取懸けの位置を変えたら、怪我しなくなった。それに、矢こぼれもなくなったし。毎日練習していると、知らず知らずのうちに型がくずれてきたりするから、たまに上段者に見てもらうっていいことだと思う」

「そりゃ、見てもらえるに越したことはないけど、誰に頼めばいいの？」

薄井くんが重ねて問い掛ける。

「うちの弓道会にも錬士《れんし》とか教士の人はいるから、頼めないか聞いてみる」

「錬士か教士って、誰に？」

今度は賢人が私に聞く。弓道会にも何人かいるが、上段者の人は私たちからは近寄りがたい。気軽に頼むのは難しい。

「とりあえず久住さんに聞いてみる。誰に頼んだらいいかアドバイスしてくれると思うし」

弓道会の役員の中では久住さんがいちばん話しかけやすい。指導者もしていて私のことをよく知っているし、親切な人なので、無下にはしないだろう。

「久住っていうのが誰か知らないけど、僕らじゃ繋がりないから、矢口さんにまかせる。いいよね？」

薄井くんが言うと、カズも同意する。

「うん、楓は部長だし」

それで、私が聞いてみることに決まった。

部会が終わると、すぐに久住さんにＬＩＮＥでメッセージを送った。みんなはまだ部室でだらだらして、カンナのアメリカ旅行の話題で盛り上がっている。本場のディズニーランドに行った話を聞いているのだ。ＬＩＮＥを送った後、私もその会話に加わった。

しかし、五分もしないうちに着信音がした。久住さんから早々に返信が来たのだ。すぐにＬＩＮＥを開く。簡単な挨拶の後、久住さんはこんな風に書いていた。

『個人的に、というのではなく都立学校の部活で継続的に指導を依頼するのであれば、武蔵野西高校はＭ市にあるので、Ｍ市の弓道連盟にお願いする方がいいかもしれません』

ああ、そうか。弓道会は地域ごとに連盟があるし、学校のある場所とは別の市の弓道会にお願いするのはおかしいのかな。だけど、知らない弓道会の人にお願いするって、気が重い。

『あるいは、その学校のＯＢとか、過去に教員をやっていた人など、何かそちらと繋がりがある方がいいかもしれませんね。外部に指導者を頼む場合、おそらく学校や教育委員会にも許可をもらうことになると思いますし』

そうか、部だけじゃなく、そういう問題もあったのか。簡単にはいかないかもしれないな。うちはまだ同好会だし。

だが、次の一文を読んで目を見張った。

『そういえば、もう退職されていますが、白井さんが以前そちらの学校で教師をされていたと思います』

「白井さんが教師？」

思わず声をあげた。白井さんは弓道会の中でも最上位の段位を持ち、みんなにも一目置かれている。ジュニアのクラスで私たちの指導も担当していたし、弓道具を買う時にも一緒に行ってくれた。

「なんの話？　白井さんがどうかしたって？」

賢人に答える間も惜しく、すぐに返信した。

『白井さん？　いつ頃のことでしょう？』

『確か、一〇年くらい前でした。そちらで弓道部の顧問もしていたはずです』

私はスマホを差し出し、その文面を賢人に見せた。読み終わると賢人は信じられない、というように首を横に振った。意外なことの成り行きに、私も言葉がなかった。

15

その週末、薄井くん、善美、私の三人は、白井さんの自宅に来ていた。白井さんの自宅は同じ市内にあり、私の家からも善美の家からもそれほど遠くない。野川《のがわ》沿いの崖線の中腹にあり、南側に大きなテラスが張り出している、別荘のような作りの洒落《しゃれ》た建物だ。なんとなく、白井さんの自宅は純和風のひなびた家だと想像していたので、私にはちょっと意外だった。

今回の訪問は、二年生の三人という人選だ。田野倉先生も誘ったのだが、

「人数が多くてもご迷惑だろう。とりあえずおまえたちが行って話をまとめて来い。そうしたら、あとは自分がちゃんとやるから」

と、同行を断られた。あらかじめ電話で訪問することを告げていたので、白井さんは三人を快く応接間に迎えてくれた。

「いらっしゃい」

白井さんはポロシャツに綿パンという普段着だ。弓道をしている時のような威圧感はないけれど、眼鏡の奥の瞳はいつも通り穏やかで優しげだ。知的で決して声を荒ら

げない。高校の先生と言われると納得する。迎えられた家は隅々まで掃除が行き届いていて、棚や本棚にも乱れがない。チリひとつないとはこういうことか、と思う。

応接間の南側には全面に大きな掃き出し窓が取り付けてあり、窓の外の景色がよく見えた。

「ここから富士山が見えるのが気に入っていたのですが、住宅が建て込んできて、昔のようには見えませんね」

それでも、手入れされた広い庭やその先にある生産緑地の豊かな緑が目に入る。なかなかの眺望だ。窓の外がよく見える位置に置かれたソファに私たちは案内された。奥さんはお留守だそうで、白井さんが自ら淹《い》れたお茶と、ウサギを模したお饅頭《まんじゅう》を供される。はるかに年上の白井さんに丁寧に応対されて、一同は恐縮してしまった。

初対面の薄井くんが自己紹介をした後、どちらが話をするか、薄井くんと私はもじもじと顔を見合わせている。私は『お願い』と目で合図するが、薄井くんは『きみらの知り合いだろ？』と目で訴える。善美は自分の仕事じゃないというように黙って饅頭を黒文字で割っている。白井さんはせかしたりせず、ゆったりとお茶を飲んでいる。

仕方ない、自分で話すしかないか。

ひとつ息を吐いて切り出した。

「あの、今日伺ったのは、私たちの弓道部の件でお願いしたいことがあるからなんです」

「弓道部？」

「武蔵野西高校の弓道部です」

その名前を聞いて、白井さんは微《かす》かに目を見張った。

「あなた方は、ムサニの生徒なんですか？」

「はい、そうです。弓道部はずっと休部状態だったんですが、この四月に私たちで復活させたんです」

「そうなんですか、それは、それは……」

白井さんは嬉しそうに目を細めた。白井さんが喜んでいる、その事実に気を強くして、私は話を続けた。

「だから、先輩もいないし、ちゃんと教えてくれる人もいないんです。なので、月に二回でいいから、白井さんにみていただきたいんです」

それを聞いた途端、白井さんの顔が強張《こわば》った。

「なぜ……私に？」

「弓道会で私たちジュニアを教えてくださっているということもありますが、白井さんは、以前うちの高校で教員をされていたと聞きました。弓道部の顧問もされていたとか。そういう繋がりがあれば、引き受けていただけると思ったんです」

白井さんの顔から、すっと表情が消えた。何を考えているかが読めない。

「学校の方は了解しているんですか？」

「私たちがまずお話しして、引き受けてくださるなら、顧問の田野倉先生が改めて連絡すると言っていました」

薄井くんが事情を説明する。

「そうですか。つまりあなた方部員に私を説得しろということですね。なかなかシビアな先生だ。それも教育的配慮なのでしょうけど」

白井さんは好意的に解釈したようだけど、ただのめんどくさがりだと私は思う。あの田野倉先生にそこまで深い考えがあるとは思えない。

「顧問の方は田野倉、田野倉なんとおっしゃる方ですか？」

なんだっけ？　薄井くんと私は顔を見合わせた。

「田野倉誠です」

答えたのは善美だ。善美は変なところで記憶力のよさを発揮する。

「そうですか」

白井さんは再び黙り込み、腕組みをしてじっと考えている。

薄井くんと私はそれを黙ってみつめている。善美だけが、平然とお饅頭を平らげると、美味しそうにお茶を飲む。私は緊張して、お茶どころではなかった。
二、三分沈黙した後、白井さんはおもむろに口を開いた。
「わかりました。長く休部になっていた弓道部の復活を助けるということなら、喜んで力を貸しましょう」

それを聞いて、私たちの緊張が解けた。私は深く息を吐きだした。ほかの二人の顔にも安堵の笑みが浮かんでいる。

「ありがとうございます。とても嬉しいです」

「これで秋の大会の練習にも、みんな気合が入ります」

薄井くんと私が感謝を述べるのを、白井さんが手を振って遮った。

「礼には及びません。私もかつては武蔵野西高で教鞭《きょうべん》をとっていた人間ですから、恩返しのつもりでお引き受けします」

相手を包み込むような白井さんの優しい笑顔を見て、私は思い切って尋ねることにした。

「あの、ちょっと伺いたいことがあるんですが」

「なんでしょう」

「白井さんがムサニで先生をされていたのは、いつ頃のことなのでしょうか？」

「もう十数年も前のことです。赴任はそれほど長くはなかったですね」

「もしかして、弓道部が休部になった頃ではないですか？」

白井さんの顔にさっと影が差した。

「ええ。その通りです」

私と薄井くんは思わず顔を見合わせた。

やっぱりそうだ。こんな身近なところに、当時を知る人がいたなんて。

「なぜ弓道部は休部になったのでしょうか？　教えていただけませんか？」

今度は薄井くんが質問した。

「それは……」

白井さんの顔は曇ったままだ。

「何か不祥事があったらしい、と噂には聞くのですけど、はっきりしたことはわからなくて。僕ら、知りたいと思っているんです」

「それを知ってどうするつもりですか？」

白井さんの語調は少し厳しい。その厳しさに、薄井くんは気をのまれている。

「いえ、特には……」

「過去のことを知ることに意味がありますか？」

「意味ですか……」

薄井くんが珍しく言い淀《よど》んでいる。

「あの、実は生徒会の人に言われたんです。かつては強豪だった弓道部が、なぜ突然休部になったのか、その理由を調べろって。部を再スタートさせるにあたって、それを言われたので、調べないわけにはいかなくって」

私はそう説明する。それは嘘ではない。

もっとも、あの卒業アルバムを見てしまったいま、私自身がその理由をとても知りたいと思っているのだが。

「そうでしたか」

白井さんはまた考え込むように目を伏せた。お茶を一口飲むと、話を続けた。

「実は、突然のことなので、まだこころの準備ができていません。あまり愉快な話ではないので、あなた方に話をすべきことなのか、判断がつかないのです。なので、しばらく考えさせてもらえますか」

白井さんの口調にはどこか痛切な響きがある。そんな風に言われると「わかりました」と答えるしかない。

「ともあれ、指導の件はお引き受けします、と田野倉先生にお伝えください。それ以降のことは、田野倉先生とご相談しますから」

休部の謎については話してもらえなかったが、いちばんの目的は果たした。いまはそれだけで満足すべきだろう。

私たちは「ありがとうございます」と言って、引き下がることにした。白井さんは私たちとの別れ際に、

「申し訳ない」

と言って、頭を下げてくれた。話したくないことを無理やり聞き出そうとした気がして、私の方が申し訳ない気持ちになった。

それから、ものごとはばたばたと進んだ。田野倉先生がすぐに動いてくれて、学校の了承を得た。それで、白井さんは弓道部の指導者として正式に迎え入れられることになったのだ。

「年度途中の採用なので無給のボランティアなんだけど、白井さんはそれでいいと言ってくれたからな」

などと言わずもがなのことを田野倉先生は言う。ともあれ、指導者が決まって、みんな大喜びだった。

いよいよ白井さんがみんなに挨拶に来るという日、私は学校の玄関で田野倉先生と一緒に、白井さんを待っていた。放課後なので、私は弓道着に着替えている。白井さんを出迎えて、屋上に案内しようと思ったのだ。みんなは屋上で練習しながら白井さんの到着を待っている。

時間ぴったりに白井さんは姿を現した。

「お待ちしていました」

田野倉先生が深々とお辞儀をするので、私も一緒に頭を下げた。

「こちらこそ、呼んでいただいてありがとうございます。もう高校弓道部の指導は引退したつもりでしたが、こんなおいぼれでも、少しはお役に立てれば、と思います」

「何をおっしゃる。先生ほどの方に教えを乞うことができるなんて、こいつら、幸せですよ」

「部員はみんな、白井さんにご指導を受けられることを喜んでいます。ほんと、引き受けてくださって嬉しいです」

そんな話をしながら、私たちは屋上に向かう。弓道部が練習しているのは、第二校舎の屋上だから、玄関のある第一校舎とは別の建物だ。

「まさか田野倉先生が顧問をされているとは思いませんでした。世間は狭いですね」

白井さんがそう言ったので、私は驚いた。

「白井さんと田野倉先生はおつきあいがあったんですか？」

「ええ、弓道部の顧問の教員同士は、ゆるい繋がりがあるんですよ。試合の後、たまに一緒に飲みに行ったりとか。それで、昔はよくお話しさせていただいていたんです。……それも、私がムサニの顧問をやめるまでのことですが」

「白井先生は当時、錬士だったし、顧問の間でも一目置かれる存在だったんだ。それで、俺も指導上の悩みの相談に乗ってもらっていた」

「お恥ずかしい。私はそんな立派な人間じゃないですよ」

「いや、先生は都立高校の弓道部顧問の星でしたよ。弓道場のない高校の生徒たちを、インターハイレベルまで引き上げたんだから。あの頃の先生はギラギラして、ちょっと近寄りがたい雰囲気もありましたけど、いまは丸くなられましたね」

田野倉先生の言葉を聞いて、私はちょっと腹が立った。

「なぜそれを言わなかったんですか？　私、田野倉先生と白井さんは面識がないとばかり思っていました」

知り合いだったら、先生が直接白井さんに頼めばよかったのに。わざわざ私たちが行く必要があったのだろうか。

「悪かったな。だけど、白井さんがどう言うかわからなかったし。俺が最初からでしゃばると、白井さんにプレッシャーを掛けるんじゃないか、と思ったんだ」

しゃべりながら廊下を歩いて行く。第二校舎に入り、階段を上って行く。

「なつかしいなあ」

屋上に続く階段を上りながら、白井さんは小さな声で呟いた。すぐ前を歩いていた私には、はっきりそれが聞き取れた。その声には久しぶりに来たことの喜びというより、何か切ないような想いがこもっているように聞こえた。

「昔の防矢ネットや畳が部室に残っていたので、それを使わせてもらっています」

「そうなんですか。よく残してありましたね」

「はい、部室ごとそのままになっていたので、すごくありがたかったです」

そんな話をしているうちに、屋上に着いた。

みんな、きっと待ち構えているに違いない。

そう思いながら、屋上に出るためのドアを開けると、いきなり怒鳴り声が聞こえた。

「だから、誰が許可したんだ？　楓には断ったのか？」

賢人だ。私に断る？　なんのことだろう。

「そんなこと、いちいち許可がいるのか？　僕自身が判断して何が悪い？」

相手は薄井くんだ。何を揉《も》めているのだろう。思わず私は大声を出した。

「何言い争っているの？　こんな時に！」

ふたりの視線がこちらを向いた。そして、後ろに白井さんがいるのを知って、ふたりはばつが悪そうに黙り込む。

「おいおい、せっかく白井先生が来てくださったのに、しょっぱなから喧嘩か？」

田野倉先生が茶化すように言う。

「ともかく、みんな集合」

号令を掛けると、みんなが集まって来て、白井さんを取り巻く。賢人と薄井くんは少し離れた場所に立った。

「こちら、弓道部をご指導くださることになった白井先生」

「白井です。よろしくお願いします。今日はご挨拶に伺いました」

みんなは黙って頭を下げる。

「じゃあ、ひとりずつ自己紹介だ」

田野倉先生の言葉を、白井さんが止める。

「弓道会の三人はよく知っています。薄井くんもこの前来てくれましたね。だから、残りのおふたりに自己紹介をお願いします」

カンナとカズは一瞬、顔を見合わせる。そして、カンナが自己紹介する。

「一年の山田カンナです。弓道はこの春始めたばかりです。よろしくお願いします」

「同じく一年の大貫一樹です。僕も、この春始めたばかりです」

「よろしくお願いします。それから、薄井くんは二年生だったね。いつから弓道を始めたんですか？」

「僕も、この春始めたばかりです」

「それで、さっきは何を言い争っていたの？」

白井さんに問われて、薄井くんは下を向く。すると、賢人が横から口を挟む。

「こいつ、勝手に弓を替えているんです。先生に九キロでやれって言われているのに、いつの間にか一〇キロに上げている」

「え、ほんとなの？」

驚いて薄井くんに聞く。それは私も知らなかったことだ。

「……今日だけ、試しに一〇キロにしてみたんだ。やってみたかったんだよ」

仏頂面で薄井くんが答える。

「ずっと九キロだったし、そろそろ上げてもいい頃だろ？」

そうしたいと薄井くんが思うのは、カンナやカズと比べて遅れを取っていると思うからだろう。キロ数を上げれば中りが出るわけではないのだが。

「だから、それは勝手にやるな、って言ってるんだ」

「どうして自分で決めちゃいけない？　九キロがちゃんと引けてるんだから、上げたってかまわないだろ？　それに、ウエイトトレーニングでも、簡単にできる重さよりも、自分のぎりぎりの重さに上げて練習する方が、筋力は上がる。弓道だって同じだろ？」

「やめてよ、ふたりとも。白井さんの前だというのに」

私が言うと、ふたりは黙り込んだ。白井さんの方を見る。白井さんが呆れていないか、と思ったが、真面目な顔をしている。

「うちの同好会はできたばかりなので、学年と関係なく、経験者と未経験者が組んで練習しているんです。副部長の薄井は二年だけど未経験なんで、楓がみているんです。だから、弓を替えるなら楓か先生に断るべきなのに、勝手なことをするんで俺が注意したんです」

賢人は鬼の首を取ったように得意げに言う。

「……自分で試してみて、大丈夫だったら、矢口さんに言うつもりだった」

薄井くんはぼそぼそと言い訳する。

「試合まであとひと月しかないし、キロ数上げた方が、中るかもしれないと思ったんだ。僕だけ、いつまでたっても中りが出ないから」

やっぱり、と私は思った。

薄井くんは、試合でみんなの足を引っ張ることを恐れていたのだ。だから、なんとかしたい、と思ったのだ。真面目だから、逆に責任を感じたのだろう。

「どちらにしても、争うのはいけません。先輩だからと意見を押し付けられても、本人が納得しなければ意味がない。相手にわかるように伝える工夫をするのも、先輩の役目です」

白井さんは諭すように賢人に言った。

「先輩の役目？」

賢人は面食らったような顔をしている。

「そうすれば相手も納得するし、争いは起きません。争いは何も生みません。縁あって同じ部になったのだから、お互いを尊重して、高め合うようにできませんか？」

「それは……」

賢人は横目で薄井くんを見る。薄井くんも賢人の顔を見ている。

「そうですね。急に現れた私がこういうことを言っても、素直に聞けないかもしれませんね。では、ひとつ話をしましょう。ちょっと長い話になりますが」

「長い話？」

薄井くんが問い返すと、白井さんはうっすら笑みを浮かべた。

「この前いらした時、弓道部が休部になった原因を聞かれましたね。その時の話です」

「ほんとうに？」

私は思わず問い返した。

「ええ。ずっと考えていたのですが、少しでもあなた方のためになるなら、話した方がいいと思います」

みんなは白井さんの方に注目する。田野倉先生は複雑な顔をしている。私はなんだかどきどきした。

「私が顧問をしていた頃、弓道部はとても活発に活動していました。都大会でも三位になり、個人戦でも部長が二位という快挙。私も顧問として誇らしかった。弓道場のない弓道部としては大健闘でしたし、入部希望者も多かったのです」

それは部誌に書いてあったことと一致する。もし、部員が多かったら、どう対処するかという記載があった。

「あれは二〇〇八年のことでした。その年は二〇人以上の一年生がいました。入部したばかりの一年生は、最初は的前に立たせず、基礎体力を作るための運動と徒手、素引き、ゴム弓、巻藁だけ。それは弓道を始めた場合は誰でも通る道ではあるのですが」

白井さんは淡々とした口調で話をする。

「その巻藁にしてもひとつしかありませんから、なかなか自分の番が回ってこない。弓も一〇張しかないから、素引きも交替制。それで一年生には不満が溜まっていたのです」

それはなんとなくわかる。いまのように人数が少なければ、やることもそれなりにあるが、大勢いればやれることは少ない。張り切って入部したのに、巻藁すらできないなら、つまらないだろう。

「ですが、当時の弓道部はいわゆる体育会系で、あまり下級生に親切に教える風潮ではなかった。上がやることを見て覚えろ、という感じでした。そういう部にしてしまったのは、私にも責任があります。ほんとうは身体のできていない、作法が身に付いていない人間に弓を持たせることの危険性を、私や先輩たちがちゃんと教えるべきだったんです」

いまの白井さんのやり方とは正反対だ。弓道会でジュニアを教える時、白井さんは丁寧に理屈を説明してくれていた。それは過去の過ちの反省からなのだろうか。

「六月のある日、私は上級生だけを連れて、体育館の弓道場に練習に行くことにしました。一年生はいつものように体力作りをするように、と言い残して。しかし、不満が溜まっていた一年生は、その言いつけに従いませんでした。彼らは自分たちで的を準備し、勝手に的前で練習を始めたんです」

その状況を想像すると怖い。有段者でも時には失敗して、矢を変なところに飛ばすこともある。未経験者ばかりでは何が起こるかわからない。

「上級生のやり方を見ていたし、巻藁も経験しているので、彼らは自分たちもできるつもりになっていたのでしょう。女子は反対して参加しなかったようですが、男子の大部分は勝手に的前で練習を始めてしまいました。でも、みんな矢尺なんかおかまいなしでしたし、矢の選び方も適当だった。とにかく引ければいい、と思い込んでいた。それでも練習を始めてしばらくすると、実際的に中てる人間も出てきたそうです。それで、自分もとみんな欲が出てきたらしい。そして、事故は起こりました。ある生徒が矢を引き込んでしまったんです」

ふつうは会、つまり弓を引き切った状態の時、矢尻《やじり》（矢の先端）は弓より数センチ外側に出ている。しかし、矢が短かったり、引きすぎたりすると、矢尻が弓の内側に入ってしまう。それを引き込みという。

「初心者が先輩の指導を無視した結果、起こるべくして起こった事故でした。引き込みをした生徒の矢は暴発して折れ、足元に落ちました。その後ろで引いていた生徒は突然の出来事に何が起こったかを理解できず、びっくりして体勢を崩しました。そのため、不意に弦から矢が離れ、とんでもない方向に飛んでいきました。防矢ネットを越えて、あちらの方に落ちて行ったのです」

白井さんが指さしたのは、第一校舎と第二校舎の間。大きな桜の樹が何本かあり、その周りには花壇が作られていて、生徒が立ち入らないようにレンガで仕切られている。

「みんなが屋上から下を覗き込んだところ、幸いそこには誰もいませんでした。それで、矢を回収するために階下に降りて行ったそうです。矢が誰かにみつかったら、先輩たちに自分たちのやったことがばれてしまう。そしたら、どれだけ怒られるかわかりません。彼らはそれをひどく恐れていました。ですが、しばらく捜しても矢はみつかりませんでした」

そういうことはたまにある。若葉の茂った場所に矢が落ちたり刺さったりしたら、外からは見えないし、手も届かない。

「これだけ捜してもみつからないのだから、きっと矢は樹のどこか上の方にでも突き刺さっているのだろう。彼らはそう結論づけたのです。さらに、このことは誰にも言わないでおこう、黙っていればわからない。そう思ったのが間違いでした。翌朝、矢は向かい側の校舎の一階にある校長室で発見されました。矢が窓から飛び込んだ時には校長は不在だったし、窓を閉めに来た職員も矢があることに気づかなかったのです。発見したのは翌日出勤してきた校長でした。矢は床に突き刺さらず、転がって机の下に滑り込んでいたのです。それで騒ぎになりました」

それは最悪だ。発見したのが物わかりのいい先生なら、黙って見逃してくれたかもしれない。だけど、校長となればそういうわけにはいかないだろう。

「三年生の部長が呼び出され、事情を聴かれました。しかし、彼は答えられない。顧問の私も、理由がわからないので弁明のしようがない。それで、弓道部は態度が悪いと校長先生を怒らせ、問題視されてしまったのです」

カンナが誰かに聞いた「生徒のいたずらが原因で休部になった」という話は、どうやら本当らしい。

「騒ぎになっていることを知って、ようやく一年生は我々にすべてを話し、謝罪しました。しかし、それではもう遅かったのです。弓道部の安全管理の不十分さが問題になり、屋上での練習は当面禁止とされました。でも、それだけで済んだので、私は内心ほっとしていました。生徒の誰かが責任を問われることになったら、やりきれませんから」

では、休部になった原因はそれだけなのだろうか。白井さんの話にはまだ続きがあるようだ。

「とはいうものの、上級生たちは気の毒でした。彼らが悪いわけではないのに、屋上での練習が禁じられてしまったのですから。それまでは週六日、朝晩自由に弓を引けていたのに、それができなくなりました。校内にはそれに代わる場所がない。弓を引きたいなら、市の体育館でやるしかないんです。それには金銭的な負担もあるし、いままでのように自由な練習はできません。朝練もできません。ほとぼりが冷めたらまた屋上で練習できるように交渉するから、と私は言ったのですが、直前に試合を控えている生徒たちは苛立っていました」

それも無理はない。高校三年間で、試合に出られる回数はどれだけあるだろう。その一回を、十分な練習もできずに迎えるのは、すごく不本意だろう。

「一方で、後輩たちも意気消沈していました。自分たちの起こしたことでこんな状態になるとは思いもしなかったのです。そのうえ、屋上で勝手に練習したことを私が罰しなかったことが、逆に彼らの罪悪感を深めることになってしまいました。部内はぎくしゃくしていました。そして、私の知らないところでそれは起こりました。引き込みをした一年生がその重い空気に耐えきれず、みんなのいる前で部長に申し出たのです。『自分を殴ってください』と」

私は思わず息をのんだ。そういう決着の付け方は、女子同士なら絶対やらない。拳で殴り合って理解する、というのは野蛮《やばん》だと思うが、男の子が主役の漫画や映画にはそういうシーンがたまにある。男子には拳で決着をつけた方がいい時もあるのだろうか。

「部長は前年の大会の個人戦で二位になり、この大会に賭《か》けていました。大学も弓道推薦を狙っていると噂されるような子でしたから、今回の事件で受けたダメージも深刻でした。それがわかっているから、一年生はいたたまれない想いだったのでしょう。なんとかして謝りたい、その想いが『殴ってくれ』という発言になったのです。部長は最初、それを拒みました。しかし、二度三度頭を下げられ『僕らも殴ってください』とほかの一年生たちにも言われて決意したそうです。『わかった。じゃあ、おまえが一年生を代表して罰を受けるということだな』そう言って、部長は引き込みをした一年生を殴りました。手加減しなかったので、一年生は床に倒れました。それを助け起こしながら『これでチャラだ』と部長は言い、一年生は『すみませんでした』と答えた。それで終わるはずだったんです」

白井さんの顔がつらそうに歪む。

「まだ続きがあるんですね」

薄井くんが聞くと、白井さんは深くうなずいた。

「一年生が帰宅して、頬に殴打の痕《あと》をみつけた親が黙っていなかったんです。『弓道部で暴力沙汰《ざた》があった』と、学校にねじ込みました。息子が止めるのも聞かず、その親は厳罰を要求しました。そうなると、学校も対応しないわけにはいきません。殴った部長は一週間の自宅謹慎、弓道部は無期限の活動休止、私も監督責任を問われて、顧問から外されました」

そういうことだったのか。安全面の問題と暴力沙汰と、噂はどちらも真実だった。いや、ふたつの要因があったから、弓道部は活動できなくなったのだ。

「学校としても、弓道部を廃部にしようとまでは思っていなかったようです。都大会での実績があるので、無くしてしまうのは惜しい、と思われていたのでしょうね。それで、部室を取り上げることはしませんでした。ですが、現にいる生徒たちは部の復活を待っていられません。高校生活はたった三年。その短い間をできるだけ有意義に過ごしたいと思うのは、当然のことです。弓道部を離れ、別の部に移った子もいるし、これを契機に受験勉強に専念した子もいる。学外に弓道を求めた子もいる。弓道部は校内で悪いイメージを持たれてしまいましたから、逃げるようにひとり、またひとりと部を離れていきました。最後まで残ったのは部長の円城寺と、殴られた一年生の子だけでした。しかし、殴られた子は周りにいろいろ言われてつらい思いをしたのでしょう。やがて学校に来なくなり、家に引きこもりました。部長だけは部の復活をじっと待っていました。毎日部室に来て、そこで勉強したり、読書したりして過ごしていました。時にはゴム弓を引くこともあったかもしれません。弓道部の活動が禁じられていたので、彼なりにそうやって居場所を守ろうとしたのです」

切ない話だ。こころならずも弓道部活動休止の当事者となったふたりは、その事実の重さから逃げられなかった。片方は家に引きこもり、もう片方はそこに居続けることでしか、やったことに対する贖罪を見出せなかったのかもしれない。

「だけど、二学期のある日に、私は円城寺に言ったんです。『もう終わりにしよう。どちらにしろ三年生はみんな部活を引退している。きみもこれで引退して、受験勉強に専念しなさい』と。そうして、部室を閉じることにしました。昇降口の前に置きっぱなしになっていた畳をふたりで部室に運び、張りっぱなしになっていた防矢ネットも片付けました。そうして、弓道部に自ら終止符を打ったのです」

「それが二〇〇八年の一〇月二一日？」

尋ねたのはカンナだった。壁の落書きをいちばん気にしていたのはカンナだった。

「十月だったことは覚えていますが、日にちまでは。その日付は何なんですか？」

「窓の下の壁のところに残っていたんです。……『無念』と刻んだ文字が。そこに日付もあったんです。だから、そうなんだろうと」

「そうでしたか。それを刻んだのは、おそらく円城寺でしょうね。そう言える権利は彼にしかない」

彼は部から逃げ出したのではない。最後までそこに留まり、部を存続させようとしたのだ。卒業アルバムに写真を載せたのもそのためだろう。

だけど、それはかなわなかった。だからこその『無念』。

「悲しい話ですね、ほんとに」

カンナが言った。みんなも黙っているが、気持ちは同じだろう。

「ええ、誰かに悪意があったわけではない。未熟さとちょっとした誤解がこんな事態を招いてしまったのです。だから、みんなにお願いしたいんです。部員同士尊重しあって、争いを招くようなことはやめてほしい、と」

賢人と薄井くんが気まずい顔をして下を向いた。私は尋ねた。

「彼らはその後、どうしたんでしょう?」

「円城寺は一年浪人した後、金沢《かなざわ》の国立大学に進学しましたが、弓道部には入らなかったようです。一年の子は引きこもったまま、翌年の春に退学しました。しばらくは私も彼の家族と連絡を取っていたのですが、数年後引っ越したために所在がわからなくなりました。彼を追い詰めたこと、引きこもらせてしまったことは、私の教師生活でも最大の悔いです」

溜め息交じりに白井さんが語った時、後ろから涼やかな声がした。

「いえ、私はここにいます」

みんなが一斉に声のした方を見た。

「雨宮くん!」

白井さんが驚いて目を見張っている。

「お久しぶりです」

そう言って、雨宮さんは深々と白井さんに頭を下げた。白井さんは呆然《ぼうぜん》として、雨宮さんをただみつめている。

「どういうこと？」

私は訳がわからなくなって、呟いた。みんなも困惑した顔をしている。

「この人が、白井先生に会いたいと言うので、連れて来た」

そう答えたのは善美だった。

なぜ善美がそんなことを？　それに、いつの間に雨宮さんとそんなに親しくなったの？

私もほかの部員もみんな驚いて善美を見ている。田野倉先生もぽかんと口を開けている。善美と雨宮さんだけが普段通りの顔でそこに立っていた。

16

「先生、お久しぶりです。以前、お世話になりました雨宮です」

「雨宮くん……。まさか、ここで会えるとは」

白井さんは絶句している。

「ご心配おかけしました。その後、通信で高卒の資格を取り、いまはこの学校で用務主事をしています」

「この学校で？」

「はい、自ら希望したわけでなく、偶然こちらに配属になりました。こんなかたちで先生とお会いできるとは……」

雨宮さんは声を詰まらせ、下を向いた。白井さんも涙ぐんでいるように見える。

「雨宮さんが白井さんと知り合い？　それって、まさか……」

田野倉先生の言葉に、私もはっとした。

「雨宮さんはもしかして？」

その問いに、雨宮さん自身が答えた。

「はい、かつての弓道部の一年生です。……弓道部がなくなるきっかけを作ったのは、私です」

つまり、引き込みをした一年生、部長に殴られたことで問題を大きくした張本人だ。まさか、雨宮さんがその人だったなんて。

「私がこちらに配属になった後に弓道部が復活することになって、これも何かの縁だろうと思いました。まさか、白井先生とまで繋がるなんて」

白井さんは雨宮さんの傍に近寄り、その手をしっかり握りしめた。

「よかった、きみが元気になっていて。ほんとうによかった」

「先生……」

「ずっと気に掛けていたんだ。連絡も取れなくなっていたし」

「すみませんでした。私からは連絡しにくくて、つい」

「いや、いいんだ、元気でやってるなら、それで十分だ」

白井さんは雨宮さんの肩をぽんぽん、と叩いた。そして、今現在の雨宮さんのことを確認するように、両肩に手を置いて、真正面からじっと顔を見た。その目にはうっすら涙が浮かんでいる。

ふたりの様子を見ている私たちも、胸に込み上げるものがある。私は涙が出そうになったのを、なんとかこらえた。

「なんだ、そういうことなら、俺に言ってくれればいいのに」

田野倉先生がぶつぶつ口の中で呟いている。

「それにしても、なぜ善美が雨宮さんを連れて来たの？」

私は涙ぐんでいるのをごまかそうとして、善美に聞いた。善美は平然とした顔で答える。

「雨宮さんが会いたがると思ったから」

「どうしてそれを知ってたの？」

「雨宮さんが、昔うちの部にいたことを知ってたから」

「だから、なぜそれがわかったの？」

ああ、まどろっこしい。

「誰かが、私たちが来る前に、部室に入った。そして、部誌を持ち出した。それが雨宮さんじゃないか、と思ったんだ」

「イラつくな。だから、それがわかった理由を俺たちは知りたいんだよ」

賢人が横から口を挟んだ。善美との会話ではこれが普通だが、慣れている私でもイライラするのに、慣れない人はよけいそうだろう。

「私たちが二度目に行った時、ドアの周囲が変わっていた。最初は天井に蜘蛛の巣が張っていたし、ドアの下のところにゴミが溜まっていた。それが、二度目には無くなっていた。私たちが来る前に、誰かが出入りしたのだろうと思った」

「そういうことだったのか。俺はまったく気づかなかったよ」

田野倉先生が、まいったというように首を振る。私も同感だ。

「部室には鍵が掛かっている。持ち出しするには許可がいる。許可なく持ち出せるのは、雨宮さんだけだ。それに、雨宮さんは初めて入った部室の、電気のスイッチの場所を知っていた。前にも入ったことがあるんだと思った」

「なるほど、論理的だ」

薄井くんが呟やく。薄井くんがこれを言う時はこころから感心した時だ、と私は気がついていた。

「雨宮さんが内緒にしていたのは、何かを持ち出したことを知られたくなかったんだろう、と思った。部室には金目のものはない。もし、何か無くなっているとしたら、部誌くらいだ。最後の年度の部誌が見当たらなかった。それで、本人に確認した」

「いつそれに気づいたの?」

私が聞き返す。

「二度目に部室に行った後。すぐ雨宮さんに聞いた」

「それを、なぜ私たちに話してくれなかったの?」

「すみません、私が頼んだんです」

私の言葉に非難めいた響きを感じたのか、雨宮さんが横から話に加わった。

「なんと説明したらいいか、わからなかったんです。高校時代の私の過ちを。……私さえ馬鹿なことをしなければ、部もあんなことにはならなかった。私がバカだったんです」

それを聞いた白井さんが、大きく首を横に振る。

「そんなことはない。なぜ矢を使ってはいけなかったか、それをちゃんと説明しなかった私たちにも責任はある。それに、たまたまきみが引き込みをやってしまったけど、きみ以外の誰が事故を起こしてもおかしくはなかった。それに、あんな風に矢が飛ばなければ。矢が校長室に落ちなければあるいは」

白井さんは声を詰まらせる。まだ後悔が残っているのだ。

「それは違うと思う」

善美がきっぱりと言いきった。雨宮さんが尋ねる。

「どういうことですか？」

「あの矢は、校長室に飛んで行ったんじゃない。誰かが校長室に投げ入れたんだ」

みんなの視線が一斉に善美の方に向いた。

「そう思ったのはなぜですか？」

柔らかな声で白井さんが聞く。

「物理的に不可能だから」

「善美の話はほんと、わかりにくい。ちゃんと説明してくれよ」

賢人が焦れたような声を出す。

「こっちに来て」

善美は、屋上の射場にあたる場所に移動した。そこは的から二八メートルの位置にテープを張り、印を付けている。それが屋上弓道場の射場だ。みんなもそれについて移動する。

「ここから矢が跳ね上がり、防矢ネットを越えて、第一校舎の方に飛んで行った」

善美は空中に指先で矢の方向を示す。

「その通りです」

答えたのは雨宮さんだ。

「屋上は四階の上にあるから、地上までは相当の距離がある。ふらふらと上に飛んだとしても、重力があるから放物線を描いて落ちていく。地面に落下する頃には、矢は矢尻を下にして、地面に対してほぼ垂直になっていたはず。それなのに一階の校長室の窓から中に飛び込むというのは不自然だ」

「あ、確かに。物理的に不可能だ。なんで、気づかなかったんだろう」

薄井くんはちょっと悔しそうに言った。賢いことを自任しているタイプなので、自分がいち早く気づかなかったのが残念なのだろう。

「そんな、まさか……」

雨宮さんは明らかに動揺している。そういう可能性を考えたことはなかったのだろう。田野倉先生は腕組みをして考え込んでいる。

「矢はいったん地面に落ちた。それをみつけた誰かが、校長室に投げ入れたんだ、と真田さんは思ったんだね？」

白井さんが確認する。白井さんはさほど驚いてはいなかった。その可能性も考えたことがあるのかもしれない。善美はうなずいた。

「屋上で練習していた一年生がどんなに早く降りて来たとしても、たどり着くまでには三分は掛かる。一年生に気づかれないように、地面かどこかに突き刺さっていた矢を引き抜き、校長室に投げ入れる時間は十分あったはず」

「だけど、誰がそんなことを？」

「通りすがりの悪意のひと。騒ぎが起こることを期待して、いたずらをした。あるいは、自分のすぐそばに矢が落ちて来たことに腹を立て、問題を大きくしようとした」

淡々と善美は言う。雨宮さんは信じられない、というように首を横に振る。

「いまとなっては確認しようがない。証拠もない。だけど、雨宮さんだけのせいではないと思う」

善美は『雨宮さんだけのせいじゃない』、そう伝えたかったのだ。善美が示した意外な優しさに、私は胸を衝《つ》かれた。

「ミステリ的に言えば、それ以外の可能性もあるんじゃない？」

そう言ったのは、カンナだった。薄井くんが問う。

「というと？」

「ミステリでは、第一発見者が犯人ってことがよくあるし」

「第一発見者？」

「つまり、最初に現場にたどり着いた人が、みんなに見られる前に証拠を隠すんです。今回のケースで言えば、弓道部の一年生が怪しい。最初に一階にたどり着いて矢を発見した人が、隙《すき》を見て校長室に投げ込んだということだって、あるんじゃないでしょうか？」

サムライマニアだけじゃなく、おまえはミステリマニアか。私は内心つっこんだ。

みんなは「なるほどねえ」と、感心し掛かったが、雨宮さんは違った。

「それはありえません。最初に一階にたどり着いた一年は、私自身でしたから」

「そうなんだー」

カンナの声には、明らかに残念、という響きがこもっている。ミステリマニア的には、そうでない方が面白いのだろうか。

「まっさきに一階に着いて、まず私は全体を見回しました。それで、目立つところに矢がないか、確認したんです。それから、捜索に掛かりました」

「あとから来た人が、雨宮さんの見落としたところでみつけたって可能性はありませんか？」

カンナはまだ自説に固執しているらしい。

「それがないとは言えませんが、一〇人以上の部員がいる前で、矢をこっそり隠し、隙を見て校長室に投げ入れるのはまず不可能だと思います。それにミステリで言えば、動機がない」

「動機？」

「矢が校長室でみつかれば、一年生男子全員の連帯責任です。先輩や教師に怒られるのがわかっていますから、いたずらでもそんなことをやるとは思えません」

「仮に、雨宮さんをすごく恨んでいる人がいたとしたら？　あるいは、部長や白井さんを陥れたいと思っている人がいたら？」

カンナの意見はなかなか怖い。そんな風にひとの裏を想像したことは、私にはない。ミステリを読んでいるとそんな風に思うのか、それともカンナ自身がひとの裏を見せられるような経験をしたのだろうか。

「いえ、入部してまだ二ヵ月経たないくらいですからね。弓道部の一年生の誰かに、そんな強い恨みの感情が芽生えるほど、深いつきあいはありませんでした」

雨宮さんがきっぱり否定したのを聞いて、私は安堵した。同じ一年生が、何食わぬ顔で誰かを陥れようとしていたのなら、あまりに怖すぎる。

「もうひとつ、考えられることがある」

そう言ったのは、薄井くんだ。こういう話には、加わらずにはいられない性分のようだ。

「それはどういうこと？」

白井さんが話の先を促す。

「たまたま矢をみつけた教師の誰かが、騒ぎを大きくするために矢を校長室に投げ入れた、ということも考えられませんか」

「おいおい、そりゃちょっと酷《ひど》いんじゃないか？　なんで教師がそんなことをする？」

田野倉先生が抗議をする。

「校長先生まで巻き込んで、問題にしたかったのかもしれない。昔のムサニはもっと自由だったそうですね。文化祭の前にはみんな徹夜して準備していたとか。でもいまはそれが許されない。平日はどんなに遅くても七時には校門を出なければならない。

土曜日は四時まで。日曜日の学校練習は禁止。運動部は顧問の立ち会いのない練習はできない。かなり不自由です。これはいつから決まったことなんでしょう？　もしかして、この事件がきっかけだったんじゃないですか？」

白井さんが何とも言えない顔で薄井くんを見た。悲しんでいるような、困惑しているような。田野倉先生は不満そうだ。

「だから、それを狙って、校長室に矢を投げ入れた人がいた、ということは考えられないでしょうか？」

薄井くんもうがった見方をするな、と私は思った。そこまで想像できるのはすごい。だが、あまりやさしい見方ではないのは確かだ。教師を信頼していない、ということだから。

優等生に見えるけど、薄井くんは教師に対してあまりいい思いを抱いてないのだろうか。

「それは……」

白井さんは一瞬言葉を詰まらせたが、すぐに言葉を続けた。

「何か事件が起こると、学校はそれを防ぐための規則を強化しようとします。これをきっかけに、部活に対する制約が厳しくなったのも事実です。あの頃、校則の改正について職員の間で議論になっていた。この学校は昔からの伝統で校則がゆるく、生徒の自主性を重んじていた。それをよしとする教師がいる一方で、時代に合わせてもっと厳しくすべきだ、という意見も出て来ていたのです。部活については、教師の負担も大きいですからね。この事件が規則改正派を勢いづかせたのは間違いない」

薄井くんは『やっぱり』という顔をした。ちょっと得意げだ。薄井くんは自分の頭のよさが証明されたのが嬉しいのだろう。

「私自身は、規則の強化には反対でした。進学校ですから、ほっといてもそんなに無茶する生徒はいなかった。テストが近づくと強制されなくても部活は休むし、内申書に悪く書かれるようなことはちゃんと避けている。だから、生徒にまかせればいい、と私は思っていたんです。むしろ失敗することで学ぶことがある。失敗は学生時代だからこそ許される特権だ、と」

失敗は学生時代の特権。強い言葉だけど、腑に落ちない。失敗するのは恥ずかしい。失敗は、しないにこしたことない。

だけど、失敗しないとわからないこともあるってことだろうか。失敗するなら、若いうちの方が傷は浅いということだろうか。

「規則を強化すると、それを守ること、守らせることが目的になってしまって、生徒も教師も考えるのをやめてしまう。それでは、ほんとうの意味で自主性が育たない。生徒だけでなく教師の方も。唯々諾々《いいだくだく》と決められた規則をただ守るような受け身な態度では、人としての成長はない。そういう私の考えは、規則改正反対派の先生方には受け入れられました。私は、そうした反対派の中心人物と見られていました。それをおもしろくなく思う先生もいたかもしれません」

白井さんはそこでほおっと大きく息を吐いた。

「だけど、そのために校長室に矢を投げ入れる教師がいた、とは思いたくありません。改正派も反対派も、それぞれ生徒にとっては何がいいのか、真剣に考えていました。わざと私や弓道部の立場を悪くするために画策する人がいたとは、思いたくありません」

白井さんの考え方が私は好きだ。人はいろんな事情を抱えているし、いろんな考えを持っている。自分に反対の意見の人もいる。だけど、根っこのところではその人を信頼する。私もそうありたい、と思う。

「俺もそういうことだと思うよ。いくらなんでも、そこまでやる教師はいないだろう」

田野倉先生も白井先生に同調する。だが、薄井くんは納得しない。

「僕はやっぱり規則改正派の先生の誰かがやったんじゃないか、と思います」

「だとしても、証拠がありません。それにもう一〇年以上経っています。昔のことです」

「だけど、悔しくないんですか？　それで弓道部は休部になったわけだし、先生も顧問を降ろされたのでしょう？」

それを聞いて、白井さんは困惑したように黙り込んだ。みんなの視線は白井さんに集中している。

沈黙の時間がしばらく続いた。

白井さんは大きく息を吐きだすと、しゃべり始めた。

「過去のことは過去のこと。そう割り切らないと、前に進めないこともあります。恨みや後悔は、結局のところ自分自身を傷つけます。誰かを恨んでいる間は、まだ楽だ。怒りをぶつける相手が外にあるから」

誰かを恨む方が楽、それはどういうことだろう？　私にはよくわからない。

「だけどその感情は、結局は自分に向けられるのです。上手くやれなかった自分、失敗してしまった自分、相手につけいる隙を作ってしまった自分、そういう駄目な自分を許せない。その想いは簡単に払拭《ふっしょく》できるものではない。恨む相手は自分自身なのだから、逃げ場がない。自分自身に対する怒り、後悔。それは、ほんとうに苦しいものです」

それを聞いた雨宮さんが、つらそうな顔をした。雨宮さんこそ、事件の後、ずっとそういう想いを抱えていたのだろう。

「あの事件は生徒たちを深く傷つけた。それを防げなかったことに、私は無力さを感じました。教師失格ではないか、と思いました。雨宮くんが学校をやめたのを知った時、自分も学校を去るべきではないか、とも思いました」

雨宮さんの目が驚いたように見開かれた。白井さんが自分のことでそこまで思いつめていたことに、ショックを受けたのだろう。

「それを、どうして思いとどまったのですか？」

雨宮さんの声は少し震えている。雨宮さんだけでなくほかの人たちも、息をつめるようにして白井さんの答えを待った。

「そうですね。いろいろありますが、……弓を引けたことでしょうか」

「弓？」

「事件の後、しばらくは何もできませんでした。最低限の仕事をするだけで精一杯で、家でもただぼーっとして過ごしていたんです。それを見かねて妻が言いました。『弓道場に行って来たら』と。それで休日の早朝、久しぶりに近所の弓道場に出掛けました。その時の自分は、誰かと話をするのさえ億劫《おっくう》だったので、早朝なら誰にも会わないだろうと思ったのです。でも、着いてみたらひとりの先輩がそこで弓を引いていました。しまった、このまま帰ろうか、と思ったその時、先輩の弓から矢が放たれたのです。その姿は気高く、それでいて呼吸をするように自然でした。思わず見惚れました。その場から動けなくなりました。それほど美しい射でした」

国枝さんのことだ。白井さんが見惚れるほどの射ができるとしたら、うちの弓道会には国枝さんしかいない。

「その人は私に気づくと、『一緒に弓を引きませんか？』と、言ったのです。それで射場に上がり、その隣に立って弓を引きました。一射、二射。黙って弓を引き続けました。先輩は何も言いません。私も無言です。聞こえるのは弦音と的中音だけ。私はいつしか悩んでいたことを忘れ、弓を引くという行為に没頭していたのです。久しぶりにこころが穏やかになりました。……そうしてどれくらい過ごしたでしょうか」

その情景を思い描いた。白井さんと国枝さん、ふたり並んだら、きっとすごい迫力だ。私がその場にいても、近づくこともできないだろう。

だけど、見てみたい気がする。

「気がつくと、先輩は帰り支度を始めていました。『ありがとうございます。久しぶりに気持ちよく射ができました』と、私は言いました。すると、先輩が言ったのです。『毎日こうして同じように弓を引いていても、うまくいく時といかない時がある。何年引いても弓は難しい。だけど、うまくいかないのも自分自身のことだから、受けいれなければいけませんね』と。それではっとしました。いままでずっと、自分は教師としてもっとうまくやれたはずだ、その想いに囚われていたことに気づいたのです。自分が苦しいのは、失敗した自分を受けいれられないからだ、と」

国枝さんは白井さんの苦しみに気がついて、さりげなくアドバイスしたに違いない。難しい言葉ではない。ありきたりと言えばありきたりな言葉かもしれない。

だけど、国枝さんが言ったから、その言葉が白井さんに届いたのだ。白井さんでさえ見惚れるほどの射を放つ国枝さんだから。

雨宮さんは泣きそうな顔をしている。雨宮さんはどうやって立ち直ったのだろうか。誰か、そんな風にアドバイスしてくれる人がいたのだろうか。

「それで、私はようやく動くことができました。部室にこもっている円城寺とまず話をしました。『起こったことは変えられない。これから前に進むために、いったんすべてを受けいれよう』と。円城寺はそれでも抵抗していましたが、私は言いました。『これも修行だと思おう。常にこころを穏やかにして、無念無想で的に向かうための修行は、何も射場だけでやるものではない。日々の生活の場で実践してこそ、本物になるのではないか』と。それを聞いて、円城寺は納得してくれました。彼は弓道を究めたいという人間でしたから、私のことを慕ってくれていました。それで、説得に応じてくれたのです」

白井さんはそこで大きく溜め息を吐いた。私も、ずっと息をつめて白井さんの話に聞き入っていたことに気づいて、ほおっと息を吐いた。

「言いにくいことだったと思うのに、よく話してくださいました」

田野倉先生が白井さんに頭を下げる。私たちもつられて頭を下げた。

「その人は、いまでも弓道を続けているのですか？」

ふと思いついたように、カンナが尋ねた。

「おそらくは。大学の弓道部には入らなかったようですが、地元の弓道会では続けている、と聞きました。彼ならきっとどこかで頑張っていることでしょう」

カンナが、今度は雨宮さんに質問した。

「雨宮さんは、もう弓道はやっていないのですか？」

「いまはまだ……。怖いんです。手の中で矢が暴発したような、そんな衝撃でしたから……」

とつとつと語ると、雨宮さんは目を伏せた。簡単に忘れてはいけない、そう思っているのかもしれない。

白井さんは視線を上げ、その場にいるみんなに言う。

「そう、たった一射のことなのです。たった一射の失敗が、大きな問題を引き起こしました。弓は武器です。人を殺《あや》めることもできるものなのです」

白井さんが部員たちを見まわした。

「みなさんがもしここから何かを学べるとしたら、一射一射を大事にする、ということ。そして、仲間を尊重する、ということです。こういうことは誰にでも起こりうる。射場に立ったら常に真剣に。そして、無用な争いは避ける。それだけは守ってください」

一同は神妙な顔でうなずいた。

そうして、白井さんは雨宮さんと連れ立って階下に降りて行った。きっと積もる話もあるのだろう。どちらにしても今日の白井さんは挨拶だけの予定だったのだ。

そして、私たちと田野倉先生が屋上に残された。

「さあ、練習を続けるか」

田野倉先生は気を取り直したように言う。

「あの、ちょっと」

賢人が手を挙げる。

「なんだ？」

「さっき、話していた件ですけど」

「副部長が弓を替えたいという件」

「ああ、あれか」

まだその話を蒸し返すのか、と私はちょっと嫌な気分になる。

「俺から副部長に説明してもいいですか？」

賢人が珍しく丁寧な口調だ。

「いいよ、やってみろ」

「副部長、ちょっとこっち来てくれる？　一〇キロの弓持って」

賢人が話し掛けると、薄井くんは嫌な顔をする。だが、みんなも見ているので、弓を持って賢人の傍に来た。

「楓も手伝ってくれる？」

賢人が私に言う。

「いいけど」

「じゃあ、スマホ持って、こっちに来て」

言われた通りにすると、賢人は私を薄井くんの前に立たせた。

「副部長が引くのを動画に撮って」

そういうことか、と納得して、私はスマホを構える。

「じゃあ、副部長、その弓、引いてみて」

薄井くんが的前に立つ。その姿勢は悪くない。下半身がどっしりと安定して、背筋もまっすぐ伸びている。矢番えをして、両手を上げる。そこまでは悪くないのだが、その後がいけない。大三そして引き分けの形が崩れている。ちゃんと弓を引ききれないのだ。

「もっと引いて、もっと」

賢人が指示するが、薄井くんには難しそうだ。顔を歪めて力んでいるが、それ以上は引ききれないようだ。

「もうちょっと」と、賢人が言うのと同時に矢は離れた。それ以上は耐えられなかったのだ。矢はふらふらと飛んで、的の前に落ちて跳ねた。

「次は楓」

「私も？」

「まあ、やってみなよ」

賢人に促されて、仕方なく私も弓を引く。外れはしたが、的のすぐ上に矢が刺さった。

「じゃあ、これ、見て」

賢人はスマホを薄井くんの方に示した。私も後ろから覗き込む。ほかの人たちも傍に寄って来る。

「引き分ける時の右肘の位置、それから拳を見るんだ」

薄井くんは黙って映像を観ている。

「それから、こっちは楓の射」

自分が引く姿を、私は初めて見た。引き分けの時、馬手が速いので、矢が少し上を向いている。会、つまり完全に引き分けた体勢では、矢は床と平行になっているが、途中経過がみっともない。

「わー、左右水平になってない。かっこ悪ぅ」

私が言うことを、ふたりは聞いていなかった。

「わかるだろ？　楓は十分引ききっているから、右拳の位置が肩の上のところまで来ている。だけど、副部長の方は頬のところで止まっている。それじゃ、矢は飛ばない」

薄井くんは悔しそうに唇を噛む。映像で観れば、一目瞭然なのだ。悔しまぎれに薄井くんは言う。

「そうは言っても、筋力を鍛えるためには、ちょっと強めの弓を使っていた方がいいんじゃないの？」

「強い弓を無理に引こうとしても、型が崩れるだけ。正しい筋肉もつかない。それに、せっかく副部長はゴム弓や素引きを毎日練習して、きれいな型を作ろうとしていたのに、変なクセでもついたら無駄になる。努力したのにもったいないじゃないか」

私ははっとして賢人を見た。薄井くんも信じられないというような顔をしている。

賢人が薄井くんを励ましている。賢人は薄井くんのことをうっとうしく感じていると思っていたのに。私も薄井くんも驚きのあまり、何も言えなかった。

「もともと鍛えていたカンナやカズ、前から弓道やっていた楓や善美の方が強い弓を引いていたって、恥じることはない。副部長だっていずれは筋力がつくし、そうすればもっと強い弓も引けるようになる。少しの辛抱だ」

私は思わず賢人の顔を見た。賢人は照れたような、拗《す》ねたような顔をしている。

薄井くんは黙り込んで賢人をじっと見た。賢人もそれ以上何も言わない。

ふいに薄井くんはぷい、と後ろを向くと、そのまま射場を去って行った。

「薄井くん」

私は追っかけようとしたが、賢人が止めた。

「ほっとけよ。これで拗ねてやる気がなくなるんなら、それは仕方ない」

そうして賢人は自分の弓を構えて矢を放った。矢はみごとに的の真ん中を射抜いた。みんなもそれぞれの練習を始める。

しばらくして薄井くんが戻って来た。弓が変わっている。

「九キロに戻した」

それだけ言うと、射場に立った。そして弓を引く。今度は十分引けている。何事もなかったように賢人はその後ろに立ち、薄井くんの動作を見守っていた。その後ろに田野倉先生が立ち、「うん、うん」とうなずいていた。

その日の練習が終わり、弓を片付けるために部員たちは部室に戻った。

私は、あらためて窓の下の壁に刻まれた文字を見た。

『無念』

ふと、その文字の後にも小さく点のようなものが見えることに気がついた。

「もしかしてこれ」

近くにいたカンナが何のことか、というようにこちらを見た。私は続けた。

「これはまだ書きかけで、ほんとうは『無念無想』と書きたかったんじゃないかな。白井さんは円城寺さんに『無念無想で的に向かうための修行だと思え』と言ったんだし。それが、何かの理由で、途中までしか書けなかったのかもしれない」

それを聞いて、カズがなるほど、とうなずいた。

「あ、それもありかも。弓道部の部長が最後に残す言葉としては、『無念無想』の方がいいよね、絶対」

カズの見方はいつも明るい。私も、そういう考えの方が好きだ。

いろんなつらいことがあったけど、無念無想の精神で乗り越える、そういう決意表明を刻もうとしたのではないだろうか。

しかし、薄井くんは首を横に振った。

「いや、やっぱり『無念』でいいと思う。『無念』という言葉は、仏教用語では邪念を捨て去り、無我の境地に達するという意味合いもある。そちらの意味で刻んだのかもしれない」

「さすが、薄井くん、物知りだね」

私は感嘆した。恨みを残す意味ではなく、無我の境地という意味なら、それもカッコいい。

「そうかな。円城寺という人はその意味を知っていたのかな？　ふつうに使われているこい。

る『無念』の意味で採る方が素直じゃない？　この人、ほんとに気の毒な目にあったんだもの、簡単には割り切れなかったんだよ」

異義を唱えたのは賢人だ。やっぱり賢人は懐疑主義だ。続けてカンナが言う。

「もしかしたら、両方の意味を掛けたのかもしれません。恨みが残るという意味と、それでも無我でありたい、という意味と。部室をひとり守り続けるというのは、その人には相当の覚悟があったと思います。それを白井さんにやめろと言われたことは、ショックだったんじゃないでしょうか。頭では正しいとわかっていても、裏切られたように感じたのかもしれません。それが『無念』という文字を刻ませた、と私は思います」

人間とはそういうもの。

カンナはそう言いたげだ。それは説得力がある。だけど……。

「じゃあ、カンナはあの文字が白井さんに向けて書かれたと思っているの？」

私は聞かずにはいられない。カンナはさらっと答える。

「そういう可能性もあると思います」

カンナの考えは暗い。もしかしたら、賢人よりも。

「どっちにしたって、昔の人のことだよ。私たちには関係ない」

投げつけるような言葉を発したのは、善美だった。

「円城寺という人のおかげで、この部室が残った。それに感謝して部室を大事に使えば、それでいいと思う」

善美とのつきあいは一年になるが、いまでも何を考えているか、わからない。何も考えていないのかもしれない、と思う時もある。

それでも、彼女なりの優しさはあるのだと思う。

「ま、そういうことかな」

あっさりカズが賛成する。

「結局、本人じゃなきゃわからないもんな」

懐疑的だが、面倒なことが嫌いな賢人も同意する。

「そう、私たちに大事なことは、この文言が書かれた意図が何かを探るのではなく、このまま活動を続けて、来年正式に弓道部を復活させることだよね。それがここを守ろうとした先輩がいちばん喜んでくれることだと思う」

私も自分なりに思ったことを告げた。過去は過去。私たちはこの弓道部を未来へと繋げてゆくのだ。

「そうですね。『無念』の意味をどう受け取るかは、各自の解釈でいいのでしょう。わかるのは本人だけだし、その本人だって、書いたことさえもう忘れているかもしれません。いまの私たちが、過去に振り回されることはないのですから」

いちばんこだわっていたカンナが、いちばん達観したような結論を語る。

カンナって、よくわからないな。

私の視線を感じたのか、カンナはこちらを見て、にこっと微笑んだ。

「ところで、円城寺さんって、今頃どうしているのかな。弓道、ほんとに続けているのだろうか」

ふとカズが漏らした言葉に、薄井くんが自信ありげに答えた。

「ああ、それは間違いない」

「どうしてわかるの？」

「さっきスマホで彼の名前を検索してみたんだ。そしたら、今年の全日本勤労者弓道選手権大会の石川県代表メンバーの中に、彼の名前があった。金沢の企業の所属だし、年齢もぴったりだし、何より珍しい名前だから間違いない」

「えー、ほんとに？」

「なんだ、知ってたのかよ」

「なんでそれ、早く言わないの」

みんなが一斉に抗議の声をあげる。

「白井さんに教えてあげたら、きっと喜んだだろうに」

私もつい非難めいた言い方になった。

「いや、検索したの、ついさっきだし。雨宮さんとの再会で盛り上がっていたから、言うヒマもなかったし」

薄井くんはしどろもどろに答える。

「まったくもう、道隆先輩はしっかりしてるんだか、抜けてるんだか」

カンナがそう言って薄井くんの腕をはたく。

「ごめん」

薄井くんが素直に謝った。なんとなく緊張していたのが、薄井くんのおかげで一気に和んだ感じがした。

「まあ、よかったよ、円城寺さんが弓道やめてなくて」

カズがしみじみ言う。

「そうだね。顔も知らない先輩だけど、弓道やめていたら後味悪い」

カンナも同意する。

「うん、弓道続けているんだったら、私たちともどこかで繋がっている気がするね。いつかその人に報告できるといいね。あなたが守ってくれた弓道部は、こうして無事に復活できましたって」

きれいごとだとつっこまれるかと思ったけど、私の言葉にみんなうんうん、とうなずいている。善美でさえ、こっくりうなずいている。それはちょっと嬉しい。

「ところでさ」

薄井くんがおずおずと切り出した。

「前から言おうと思ってたんだけど」

言いにくいのか、薄井くんはそこでいったん言葉を切る。

「なんだよ、副部長。もったいつけるなよ」

「薄井くん、この際だから、思っていることがあったら、ちゃんと言って」

賢人と私が同時に言う。

「そう、それ」

「それって？」

「みんな、俺のこと『副部長』とか『薄井くん』とか呼ぶだろ？　それがさ、気になっていてさ。よそよそしい感じがして」

言われてみれば、ほかのメンバーはみな呼び捨てだ。薄井くんにしてみれば壁がある感じなのかもしれない。

「なんて呼ばれたいの？　あだ名とかあるの？」

「いや、クラスでも薄井くんって呼ばれている。あだ名って、いままでついたことがないんだ」

それもちょっと寂しい話だ。あだ名で呼び合うというのは、それだけ親しい関係だということだから。

「わかった、何か呼び名を考えよう」

同じことを思ったのか、賢人が言った。

「副部長の下の名前はなんだっけ」

「道隆」

「道隆って言いにくいな。道隆、みちたか。ミッチー、そうだミッチーがいい」

賢人はいいことを思いついた、というように満面の笑みだ。

「ミ、ミッチー？」

薄井くんはちょっと引いている。

「ミッチー！　かわいい。決まりですね」

「うん、いいんじゃない？」

カンナと私も無責任に賛同する。

「悪くない」

ぽつんと善美が言うのを聞いて、薄井くんは『ほんとに？』という顔で善美を見た。

「やっぱり『副部長』の方がいい？」

賢人が尋ねると、薄井くんは言う。

「いや、だったらミッチーでいいよ」

「決まった、今日からきみはミッチーだ」

「は、はあ」

薄井くんは困ったような、照れたような複雑な顔をしている。

「ミッチー副部長、これからもよろしく！」

カンナが嬉しそうに言う。

「いや、ミッチー副部長はやめて。ミッチーか副部長かどっちかで頼むわ」

「わかりました。ミッチーさん、よろしくお願いします」

「ミッチーさんもやめて。あだ名なんだから、ミッチーでいいよ」

そう言いながらも、薄井くんは嬉しそうだ。薄井くんの性格では、みんなにいじられるという経験はあまりなかったのだろう。

その屈託のない笑顔を見て、私はふと、ようやく部がひとつにまとまった気がした。賢人の思いつきで始まった寄せ集めの部。個性も弓道への関心もバラバラで、いつ解散してもおかしくなかった六人。

だけど、これなら長く続けられる気がする。この五人となら、やっていけると思う。

この部を守るために試合も頑張りたい。部の存続が認められるように、ちゃんと爪痕を残したい。

秋の大会、全力で頑張ろう。

私は初めてそんな風に思っていた。

謝辞

本書の執筆にあたり、以下の方々にご協力いただきました。

高橋那弦さま、石川竣介さま、横須賀雪枝さま、高橋金一さま、松嶋あおいさま、松嶋裕さま、東海大学付属高輪台高等学校弓道部の皆さま、小金井市弓道連盟の皆さま（順不同）。

なお、取材及び監修をお引き受けくださった弓馬術礼法小笠原教場の皆さまには、このほかお世話になりました。

ここに深く感謝の意を表します。

碧野　圭

監修・弓馬術礼法小笠原教場
本書は書下ろし作品です。

|著者|碧野 圭　愛知県生まれ。東京学芸大学教育学部卒業。フリーライター、出版社勤務を経て、2006年『辞めない理由』で作家デビュー。大人気シリーズ作品「書店ガール」は2014年度の静岡書店大賞「映像化したい文庫部門」を受賞し、翌年「戦う！書店ガール」としてテレビドラマ化され、2016年度吉川英治文庫賞にもノミネートされた。他の著作に「銀盤のトレース」シリーズ、「菜の花食堂のささやかな事件簿」シリーズ、『スケートボーイズ』『1939年のアロハシャツ』『書店員と二つの罪』『駒子さんは出世なんてしたくなかった』『跳べ、栄光のクワド』『レイアウトは期日までに』などがある。本書は『凜として弓を引く』から『凜として弓を引く 初陣篇』に続く、弓道青春シリーズの第2弾。

凜《りん》として弓《ゆみ》を引《ひ》く 青雲篇《せいうんへん》
碧野《あおの》 圭《けい》

2022年10月14日第1刷発行
2024年 8 月27日第2刷発行

講談社文庫
定価はカバーに
表示してあります

発行者――森田浩章
発行所――株式会社 講談社
東京都文京区音羽2-12-21 〒112-8001
電話 出版 (03) 5395-3510
販売 (03) 5395-5817
業務 (03) 5395-3615
Printed in Japan

KODANSHA

デザイン―菊地信義
本文データ制作―講談社デジタル製作
印刷―――株式会社KPSプロダクツ
製本―――株式会社KPSプロダクツ

ISBN978-4-06-528949-5

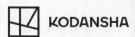

講談社文庫刊行の辞

二十一世紀の到来を目睫に望みながら、われわれはいま、人類史上かつて例を見ない巨大な転換期をむかえようとしている。

世界も、日本も、激動の予兆に対する期待とおののきを内に蔵して、未知の時代に歩み入ろうとしている。このときにあたり、創業の人野間清治の「ナショナル・エデュケイター」への志を現代に甦らせようと意図して、われわれはここに古今の文芸作品はいうまでもなく、ひろく人文・社会・自然の諸科学から東西の名著を網羅する、新しい綜合文庫の発刊を決意した。

激動の転換期はまた断絶の時代である。われわれは戦後二十五年間の出版文化のありかたへの深い反省をこめて、この断絶の時代にあえて人間的な持続を求めようとする。いたずらに浮薄な商業主義のあだ花を追い求めることなく、長期にわたって良書に生命をあたえようとつとめるところにしか、今後の出版文化の真の繁栄はあり得ないと信じるからである。

同時にわれわれはこの綜合文庫の刊行を通じて、人文・社会・自然の諸科学が、結局人間の学にほかならないことを立証しようと願っている。かつて知識とは、「汝自身を知る」ことにつきていた。現代社会の瑣末な情報の氾濫のなかから、力強い知識の源泉を掘り起し、技術文明のただなかに、生きた人間の姿を復活させること。それこそわれわれの切なる希求である。

われわれは権威に盲従せず、俗流に媚びることなく、渾然一体となって日本の「草の根」をかたちづくる若く新しい世代の人々に、心をこめてこの新しい綜合文庫をおくり届けたい。それは知識の泉であるとともに感受性のふるさとであり、もっとも有機的に組織され、社会に開かれた万人のための大学をめざしている。大方の支援と協力を衷心より切望してやまない。

一九七一年七月

野間省一